勇者パーティから追い出されたと思ったら、土下座(ドゲザ)で泣きながら謝ってきた！ 3

蒼衣 翼
AOI TSUBASA

ill. 新堂アラタ

ミュリア
（聖女）

表情に乏しい
引っ込み思案な少女。
勇者を兄のように慕う。

ダスター

本編の主人公。
アラサーのベテラン冒険者。
『辻褄合わせのダスター』と
呼ばれる。

アルフレッド
（勇者）

文武両道の天才だが
性格に難あり。
伝説の初代勇者にそっくり。

Main Characters
アドミニス・ファイナル・ロスト
ミュリアの血縁。
王城の奥にある工房で、
世捨て人のように暮らす。
フォルテ
ドラゴンの盟約の化身。
鳥の姿をしているが、
多くの不思議な力を持つ。
メルリル
獣の耳と尻尾を持つ森人の娘。
リリル村の巫女で
精霊の力を操る。

俺は十五で冒険者になり、三十になるまで生き延びた熟練冒険者で、ダスターと言う。

冒険者は長生きできない職業と言われるが、特に俺のような単独はなかなか続かない。

ある意味、運がよかったのだろう。

しかし運というものは、当てにするようになると逃げるものだ。俺は冒険者として、そろそろ潮時だと感じていた。

だが、運命とはわからない。

国の依頼で、勇者パーティをサポートするという極めて厄介な仕事を請け負った結果、いつの間にか勇者パーティに付きまとわれるようになってしまった。

さらに、世界でも最強の魔物とされるドラゴンからおつかいを頼まれ、盟約の印として、ドラゴンが生み出した青い鳥「フォルテ」を押し付けられる始末。

これはいよいよ俺の運も尽きて来たか、と思われたなかで出会ったのが、森人の巫女であるメルリルだった。

森人というのは、森の厳しい環境で生き延びるために人が進化した種族で、人の耳の部分が獣のようで、さらに尻尾もある者たちだ。

見た目は多少違っても、人間であることに違いはない。

それどころか、このメルリルという女性は俺が心穏やかにならざるほど美しかった。

大人の成熟のなかに少女のはかなさを持つ彼女に惹かれ、また、その厳しい境遇に同情もした俺は、彼女が俺たち平野の民と共に暮らすために力を尽くすと誓った。

そして今、メルリルは俺と共に冒険者になると言い、パーティを組むことを誓った。

あ、ついでに、鳥のくせに人間のようにものを考えることの出来るフォルテも、パーティメンバーとして加わったんだけどな。

さて、パーティを組むと決めた以上は、メルリルを冒険者として育てる必要があった。

そういう意味では、嵐の季節はありがたい時間だ。

普通の人は嵐のなかで行動したりしないが、冒険者は異なる。

当たり前ではない状態での判断や行動が、生き残れるかどうかを分けるのだ。実際に嵐のなかで行動したこともあった。

さっそくギルドを介して仕事を受けたのだが、ギルドにメルリルの登録をしたときに、誰一人として驚かなかったことに、逆に俺が驚いた。

そして、「え？　そのつもりで連れて来てたんじゃないのか？」と、ギルドマスターに言われてしまい、つい切れかけた。

じゃあ何か？　俺は今まで好みの美人がいなかったからパーティを組まなかったのか？　自分好

みの美人を見つけたら、さっそくものにするゲス野郎か？

「ダスターさ……んんっ、ダスター、気にしすぎだと思う」

「純真な娘をかどわかして自分の支配下に置く、みたいな風に思われているかと考えると、はらわたが煮えるような気分になる」

「そんなこと誰も考えてないと思う」

「メルリルだって思う思うばっかりじゃないか。俺が悪いほうに考えすぎなら、メルリルはいいほうに考えすぎなんじゃないか」

「ダスター、なんだか拗ねてない？」

「俺は子どもか？」

「ふふっ」

「なんでそこでうれしそうなんだ？」

すっかり機嫌を悪くした俺に困ったらしいメルリル。彼女とのやりとりは、どこかあたたかさに満ちていて、少しだけ俺を慰めた。

「考えすぎはハゲるゾ」

だが、そんななか、急に聞こえたやたらと耳に心地よい声が、とんでもないことを囁く。

「フォルテ。ひさびさにしゃべったと思えば、嫌がらせか？」

「あはは、フォルテも会話に入りたかったんだよね。大丈夫、フォルテもちゃんと仲間だから」

「クルル、仲間！」

「そう、仲間！」

おかしい。

うちのパーティメンバーときたら、豪雨のなか、森に入り込んでいるのにはしゃいでやがる。

子どもの冒険ごっこじゃないんだぞ？

「君たち。フォルテのおかげで雨に濡れないからって気を抜きすぎだ。足元はぬかるんで滑りやすいし、何かが近づいて来ても気配を探りにくい。雨というのはやたら厄介な状態だ。実際、悪天候の仕事中に死んでしまう冒険者は多い」

俺の言葉にメルリルとフォルテはうなずいた。

む、急に真面目になったな。切り替えが早い。

「普段なら走り抜けるところをゆっくりと着実に歩く必要があるし、通常なら楽に飛び越えられる水辺も危険地帯となっている。冒険者に大切な資質として、周囲の状況を観察して最善の行動を選択するというものがある。常日頃から周囲に気を配るようにするんだ。状況を理解して、どうすれば危険を避けることが出来るかを考える。そういう意味では日常が常に訓練とも言える」

「はい」

「ピッ！」

「今日は簡単な採取の仕事だ。この時期だけに採れる植物は多い。そのなかには特別な薬効を持っているものもある。メルリルにはむしろ楽な仕事かもしれないが、気は抜かないように」

「はい」

「ピッ！」

正直フォルテの声は気が抜けるというか、こいつが返事をするたびに真剣味が薄れていく感じがして困る。

かと言って、相棒として認めた以上は、ぞんざいに扱う訳にもいかない。

それにフォルテのおかげで水に濡れないで行動が出来る。

この恩恵は凄まじい。

通常、雨に濡れると体温が急激に下がり、だんだんと行動する力が失われて行く。そのため、嵐の時期には出来るだけ短時間で仕事を終わらせる必要があるのだ。

しかし、フォルテのおかげでその時間制限もない。

視界が悪い。音が聞こえない。そういう、嵐の時期のデメリットは変わらないが、体が濡れないだけで全く違う。

俺自身がその恩恵を実感すると、思った以上のそのアドバンテージに口元がほころぶのを感じた。

「ダスター、今回の依頼は水シダの新芽と膨れ泡の採取だったけど、他のものを採取するのはどうなの？」

「依頼優先だが、他に売れそうなものがあったら採取する。基本的に冒険者の稼ぎには二通りあって、一つが依頼を受けてそれを達成すること。もう一つが、自分で金になるものを探索して採取、もしくは狩るというものになる。もちろん、その両方をいっぺんにやれるならやったほうがいい」

「わかった」

今回の依頼を受けた主な目的は、メルリルの巫女（メッセリ）の力というものを俺が把握することにある。

あと、メルリルが冒険者としてどのくらい適正があるか、ということも知っておきたい。

確認したところ、精霊（メイス）の力を使って、目当ての植物や獲物などを察知するということは出来ないらしい。

とは言え、森暮らしだったため、経験で学んだ知識によって必要な植物などを探すのはかなり早い。

ただし、平野人の認識する草花や生物の名前と、メルリルたち森人の認識する名前が違っているので、そのあたりのすり合わせに事前の情報交換が必要だった。

名前を聞いただけではメルリルにはそれが何かわからないし、俺の説明が下手でも伝わらない。

森人には共感の力があるので、名前で薬草とか食用とかいうおおざっぱなところは感じ取れるとのことだった。まぁそれだけでもすごいよな。

標本などがあるものはそれで確認も出来るが、嵐の時期に採れるものには標本に出来ないものも多い。

膨れ泡と呼ばれるキノコなどが、そのいい例だ。嵐の時期にだけ生えて来る透明でまん丸なキノコなんだが、中身はほぼ水。そのせいで標本に出来ないのである。

膨れ泡の内部の水は、そのまま飲むと毒になる。

錬金術師によると、この水には高い濃度で金属が溶け込んでいるらしい。

おかげで錬金術師や薬師の使う素材として、それなりに高い値段で取引される。

持ち帰るには、根本から切り離して水を入れた袋に保管する必要があった。

この膨れ泡も、メルリルたち森人は光玉の実と呼んでいるとのことだ。油を満たしたガラスの容器に入れておくと、夜にほのかに発光するのだとか。

驚きの事実だ。

俺たち平野人の国では、ガラスの器は貴族が使っているぐらいで一般的ではない。

しかし森人の社会では、日常使いに出来るほどに普及しているとのことである。

俺たちが滞在したときには、夜に光を発していたものを照明の魔具だと思っていた。だがあれもガラスの器だった可能性があった。

下品な言い方だが、この文化の違いは金になる。先日話した上品な老婦人ティティニィティと結ばれたという商人が、森人の文化を商売にしようと思ったのは目の付け所としてよかったと言えるだろう。

実際、彼はかなりの成功者となったらしい。

「あっ！」

「おっと」

メルリルが無理をして木に登ろうとして手を滑らせて落ちかける。

どうやら苔で滑ったらしい。

慌てて支えてやった。

「あ、ありがとう」

「上には目的のものはないだろう。どうした？」

「雨糸ヤドリギがあったから」

「雨糸ヤドリギ？」

「万能薬の元になる植物」

メルリルが指さしたところを見ると、なるほど、雨に紛れているが、銀色の糸のようなものがいくつかその木の表面を覆っている。

俺たちの言うところの、雨の雫だな。

「すごいな。俺がメルリルに教わったほうがいいぐらいだ」

「いえ、ちゃんと報告して行動するべきでした」

「それがわかっていればいいさ。フォルテ！　あのツルを傷つけないように抜いて持って来れるか？」

「チキキキ！」

「おう、頼んだ」

まぁ高いところの仕事は、翼のある奴にやらせるべきだよな。

そうして、俺たちはパーティとしての最初の仕事でかなりの成果を上げることになったのだった。

「メルリルの初めての仕事の成功を祝って乾杯！」

「かんぱーい！」

「めでたい！」

「どうでもいいが、なんで関係ない連中が一番盛り上がってるんだ？」

初仕事を終えた俺とメルリルとフォルテは、冒険者風にお祝いを、というつもりはさらさらなく、単に外に行くのが面倒だったからギルドで食事を頼んだだけだった。

それがなぜかメルリルの初仕事のお祝いの名を借りた宴会となってしまう。

まぁネタさえあれば、それを口実に飲んじまう連中が揃っているからな。

「あ、あの……ありがとうございます」

そんなこととは知らないメルリルは、てっきり俺が準備して彼女を驚かせようとしたと誤解をしているようだった。

「ああ、メルリル。積極的に行きなさいとは言ったけど、まさか冒険者になるなんて。約束して、絶対死なないって！」

「リリ、お前、ギルドメイドのくせにもう酔っ払ってるのか？」

「リリ姉さん、ありがとうございます。私、今すごく充実しています」

「冒険者なんて、臭くて汚くて危険っていう、いいところのない仕事なんだよ。食い詰め者の行き着くところが冒険者と色街とか言われててさぁ」

「実際、私、他にアテもないので、ダスターに頼るしかなくって」

「へぇ～？　ダスターね」

リリが目つきだけでわかっているぞと絡（から）んで来る。

いやもうお前、手足からメルリルに絡んでるぞ。

メルリルから、ものすごく切羽詰まった助けを求める目を向けられているが、その救出依頼は無理だから。

「いい～、男はいざとなったら及び腰になるからね、こうやってグッと捕まえるんだよ」

「リリ姉さん苦しいです」

女同士が絡み合って、何かヤバイ空間が出来上がっている。

なんだか見てはいけないものを見ている気分だ。

「とうとうダスターもパーティを組んだか。今後は気軽に仕事に誘えないな」

「いや、うち二人と一匹しかいないから、また気軽に呼んでくれ」

「私はうれしいです。女性の冒険者が増えると」

ケインとアイネの夫婦が楽しそうにそう話し掛けて来た。

アイネの言葉は切実だ。

うちのギルドに女性の冒険者はアイネともう一人いるだけ。

女の冒険者というだけで、仕事がやり辛いこともあるらしい。

もうちょっと増えると女だけのパーティとかも出来るかもしれないが。

いや、それはそれで不安が大きいな。

俺は大地の牙のパーティとはよく組むが、アイネの事情は知らない。

仕草や言葉遣いから、どうもかなり育ちはいいんじゃないかと思うんだよな。

なにがどうなって冒険者になって、ケインと一緒になったのか、いつか聞けるといいな。

「ところでダスター、パーティの名前は決めたのか？」

「ああ、いや。メルリルとも相談して決めるつもりだが」

「こういうのは勢いで決めちまったほうがいいぞ。へたに考えすぎると、やたら凝りすぎた名前になっちまったりするし」

「大地の牙ってのはいい名前だよな」

「そうだろう、気に入ってるんだぜ」

パーティ名か。

ギルドに登録するのにパーティ名が必要だ。

今はメルリルが冒険者見習いとして俺が指導している状態だが、パーティを組むのは決まっているのだから、もう登録してしまってもいい。

「ダスター！」

騒ぎから離れて、カウンターのいつもの席で一人飲んでいると、ようやくリリの魔手から逃れたらしいメルリルがやって来た。

「ひどいです。なんで助けてくれないんですか？」

「男が女に手出しするとろくなことにならんからな。それに、メルリルはもう一人前の冒険者なんだから、自分のトラブルは自分で解決出来ないと駄目だろう」

「う、確かに」

適当なことを言って煙に巻いてみたら、その言葉を正面から受け止めたメルリルがしょんぼりと落ち込んだ。

どうもテンションがおかしいと思ったら、酒を飲んでるっぽいな。

「メルリル。まだ酒は飲めるか？」

「え、もちろんです。巫女（メッセリ）は儀式でお酒を飲むことも多いので、酔いにくいのですよぉ」

本当か？　どうも怪しいと思いながらも、俺は荷物から一つの壺を取り出した。

「本当は帰ってからと思ってたが、この調子じゃ帰る頃には酒の味なんぞわからなくなっていそうだからな」

「それは？」

「リリル村でもらったヤマモモ酒だ。三人で依頼成功を祝って乾杯しようと思ってな」

「持ち歩いてるんですか？」

「俺の数少ない趣味の一つだ。他にもいろいろあるぞ」

「あ、小さい箱が一杯ある」

「飲める量は少ないが、野営用のカップがあるからこれに分けよう」

俺は野営用のカップを並べて、そこにヤマモモ酒を注いだ。

小さい壺に入っていた酒は、三つに分けるとすぐになくなった。

それでも、三口ぐらいは飲めるだろう。

「ほい、メルリル。それとフォルテ」

「クルー？」

「もちろんお前のもあるさ」

「ありがとうございます。なにか、こういうのいいですね」

それぞれが自分のカップを受け取る。

フォルテは手がないので空中に浮かせていた。

お前、なんでも有りだな。

「それじゃ、パーティの結成と、初依頼の成功を祝って、乾杯」

「乾杯」

「キュ」

カップ同士が軽く触れ合い、それぞれがそれぞれの酒を飲む。

うん、やっぱりこの酒は特別うまいな。

「ああん？　そりゃあ俺のほうが力があるに決まってるだろ？」

「馬鹿は力自慢しかしない」

「なんだと！」

なんだか背後のほうで争いごとか起こってるようだが、いつものことだ。

気にするようなことではない。

「ダスター。あれ、止めなくていいんですか？」

「あれも奴らの楽しみなんだ、ほっとけ」

「そうなんですね。冒険者はすごいです」

何がすごいのかわからないが、メルリルは感心している。

「しかし、さすがにつまみが欲しいな。リリ……は、もうつぶれてるか」

「そうです。酔いつぶれて寝てしまったので、抜け出せたんです」

「ギルドマネージャーは……ああ？　あそこでヒゲダルマを畳んでやがる」

「さっき争ってた片方がギルドマネージャーさんでした」

「仕方ねぇ、なんか作るか」

俺は勝手知ったるギルドの調理場へと体を滑り込ませると、そこにある腸詰めとふかしたイモと固くなったパンを使ってつまみを作る。

「おう、出来たぞ……て、お前ら」

「なんかいい匂いがしたから。なんだそれ？」

「腸詰めを、ふかしたイモと削ったパンで包んで簡単に焼いて、粗塩を振りかけただけだ」

「ほうほう？」

「わかった。全員が食う分を作ってやるから待ってろ。メルリルとフォルテはこれを先に食ってろ」

「え？　私も手伝います」

「そうか、助かる」

「ピュイ！」

「ああ、そうだな、お前は食ってろ。手伝いなぞ期待してない」

結局、酔っぱらいたちのつまみを作ってやりながら、メルリルと二人で適度につまみ食いして満足した。

食い物の味がわからない連中なので、適度に焼いたものを皿に盛って出しておけば問題ないしな。

自分の皿を空にしたフォルテが、食い物をもらいに途中から調理場に合流した。

正直、無法地帯と化した表よりもよほど平和な調理場で、俺たちはのんびり過ごしたのだった。

「帰るか」

「あ、あの」

「それは気にするな。いつものことだ」

死屍累々（ししるいるい）とテーブルとイス、さらに床の上に横たわるギルドメンバーを避けながら外へと向かう。

メルリルは気になるようだが、すぐに慣れるだろう。

「そうそう、パーティの名前を考えないとな」

「パーティの名前ですか」

「ああ、メルリルはどんなのがいいと思う？」

俺の言葉に少し考えたメルリルは、俺の肩ですでに丸くなって寝ているフォルテを見た。

「ドラゴンの翼、というのはどうでしょう？」

「ドラゴンの翼か、なるほど。しかしフォルテがいなくなったら意味がわからなくなるな」

「大丈夫ですよ」

「……そうかな？」

メルリルがにこりと俺の好きな笑顔を見せた。

パーティの名前なんか勢いで決めたほうがいい、か。

「それにするか」

「はい」

俺たちはガラガラとうるさく鳴る壊れた装備の音を聞きながら、ギルドの重い扉を押し開けて外に出る。

フォルテが寝ているので雨に濡れるしかないが、こんなときはそれはそれでいいかもしれない。

メルリルは雨に濡れるのがさして苦にはならないらしく、楽し気に「びしょびしょになってしまいましたね」と言いながら俺の手を握った。

交わす会話が聞き取りにくく、ときどき互いの言葉を聞き返しつつ歩く。

やがてどちらからか歌が始まり、お互いに知らない歌を口ずさみながら二人でゆっくりと歩いて帰ったのだった。

嵐が本格化すると、さすがに仕事も出来ないので家にこもる。
いつもなら長屋の雨漏りや吹き飛ばされた屋根や、破壊された壁なんかの修理にてんてこ舞いになるのだが、今回はメルリルのほどこした強化のおかげで長屋は嵐にびくともしなかった。
もちろん強風が吹いたらある程度揺れるのだが、メリメリとかバリバリという音がしないのだ。
きしんだり、屋根の上に何かがぶつかる音なんかは聞こえるので、完全に安全という訳でもなさそうだが、まるで大地に根を深く下ろした大樹のような安心感があった。

実際にこの長屋、根を張ってたりしてな。そう考えて、少し真剣にその考えを検討するべきかもしれないと思った。森人の巫女(メッセリ)がやったことだからな、もしかするとこの長屋の建材も、昔を思い出して本当に根を張ってる可能性があるぞ。

さて、長屋についてだが、変わったのはそれだけではなかった。

「外はかなり荒れてるね」

「……そうだな」

メルリルと、それから長屋の大家と話し合った結果、俺の住んでいる隣にメルリルも住むことになったのである。

本当にこのボロ屋でいいのかと確認したら、「石の家は性(しょう)に合わないので」ということだった。

なるほどと俺も納得した。

壁に扉が出来るまでは……。

隣にメルリルが引っ越したその日の内に、うちと隣を隔てる壁に扉が出来た。

どういうことかとメルリルに尋ねると、木ならある程度自由にいじれるらしい。

そう言えば森人の里の家も、全て木を変形させた家具で作られていたな。

メルリルの部屋を見てみると、タンスはもちろんテーブル、イス、それから収納式のベッドも本来の姿とは違った、装飾性の高いものに変わっていた。

驚いたのは、階段と二階が出来ていたことだ。

「上にスペースがあったので」

とのことだが、ようするに屋根裏部屋だな。

うん、思ったよりも広々と快適に過ごしているようだ。

それで話は戻るが、俺の部屋とメルリルの部屋の間の壁に扉が付いて、外に出ずにそのまま行き来が出来るようになった。

「大家に怒られるぞ」

「大丈夫。出るときは元に戻します」

「なんで扉を付けた？　入り口から回れば隣だろ」

「嵐の日とかは大変だから。それにこっちのほうが便利です」

「……そうか」

俺は全く気が休まらないけどな。

もちろんメルリルは、突然飛び込んで来たりはしない。ちゃんと礼節を守り、ノックをして、こっちの様子を確認してから入って来る訳だが、問題は俺の気持ちだ。

扉一枚で隔てられた隣に好みの美女がいるという状況が、男にとってどういうことかわかっているのだろうか？

せめて開け閉めを向こう側でコントロールしてくれればいいのだが、引っ掛け式の扉のノブは両側で連動している。

つまりこっち側からも、好きなときに開けて向こうへ行けるようになっているのだ。

これは信頼されているということなんだろうな。

「今日は家のなかで出来ることをやっておこう」

「はい」

「クルッ！」

「いや、お前は今回の話に関係ないから」

「ギャッギャア！」

フォルテが頭上から髪の毛をはげしく引っ張った。

「イテテテ！　やめろ。仕方ないだろ、今日はメルリルに手信号を教えるんだから」

「手信号、ですか？」

「そうだ。獲物を狙っているときに声を出せない場面とかあるだろ。そういうときに、言葉ではなく、手の仕草で必要なことを伝え合うんだ。冒険者の基本だな」

「ああ。わかります。うちの村でも、集団で狩りを行うときにそういう合図があると聞いていました。確か口笛を使っていたと思います」

「そうそう、もともとは狩人たちの間で使われていたものが、変化して伝わったと言われている。ただ、冒険者の場合はかなり合図が細かい。勢子（せこ）と射手（しゃしゅ）しかいないような狩りとは違って、囮（おとり）役、盾役、攻撃、魔法援護、遠隔攻撃、罠など、冒険者の使う手段は多種多様だ。それに合わせて手信号も発達したということだ」

「そうなんですね」

「こういう時間があるときは知識を詰め込むチャンスだ。じっくりと腰を据えて覚えて行こう」

「はい！」

「ピッ！」

「だからなんでお前も返事するんだよ」

「ダスター、フォルテだって覚えておくといいんじゃないでしょうか。ダスターにはフォルテの言っていることがわかるかもしれませんが、普通に聞けば鳥の鳴き声にすぎません。ダスターが手で合図してフォルテが鳴いて返事すれば、相手に気取られない意思疎通が可能なのでは？」

「なるほど、確かにそうか」

「キュイ！」

「そこ、お前が威張るところか？」

という感じに、嵐の間は、冒険者としての知識をメルリルやフォルテに教える時間となって、無駄にはならなかったんだけどな。

それと、長屋のジジババからむちゃくちゃ感謝された。もちろんメルリルが。

「今まで嵐の日は不安でのぅ、よう眠れんかったが、今回はぐっすり眠れたわい」

「ほんとうに、ありがたいわねぇ」

「これ、おかずをたくさん作ったのよ。ダスターちゃんと一緒に食べてね」

「ダスター坊もいい嫁さんをもらって、俺も安心した。これで心残りはなくなったな」

「いや、ジジイ。俺とメルリルは結婚してないから。心残りで生き残れ」

そんな感じで日々は過ぎていったが、俺たちは肝心のことを忘れた訳ではなかった。

竜の営巣地へ行くための打ち合わせも、同時に進めていたのだ。

「それで、精霊の力で、迷宮を越えられるかどうかわかるか？」

「私が使役できる精霊の力は、森と風。水と土もある程度は使えるけど、道を開けるほどではありません」

「障害になるのは湖か？」

「はい」

「湖の周辺は今や迷宮だ。ドラゴンに会う前に、命の危険を冒す訳にはいかない。やはり海岸を回って行くしかないか。海岸までの森の横断はメルリルの力でかなり短縮出来るとして、海岸沿いに北上する間の水が足りるかどうか。帰りもあるしな」

「海岸回りだと、どのくらい時間がかかるんですか？」

「海岸回りのルートは情報が少なすぎてな。砂浜になっている部分が少なくて、岩棚や岸壁が続いている、という情報があるぐらいだ。しばらく北上すると河口があって、谷になっているらしい。そこから竜の営巣地に入り込めるという話だったが、実際入った奴はいないから、予想にすぎない。

ただ、川があるなら、水が補給出来るのは大きい」

「半分以上、ぶっつけ本番っていうことですね」

「そういうのが、冒険者としては一番きついんだよな」

前情報の足りない仕事ほど失敗しやすい。

当然の話だが、ことがドラゴン相手だ。出来るだけリスクを減らしておきたい。

結論はなかなか出なかった。

「八割、いや七割を水成の実で凌ぐとして、帰りはすっからかんだ。その川とやらが飲み水として適していなければ干上がってしまう。そもそも川の存在自体があやふやだし、そういう不確かなものに命を預けるのは冒険者のやるこっちゃねえな」

「でも、誰もまだ行ったことがない場所ならどうしようもないですね」

「そうだな。慎重すぎても動けなくなるだけだ。せめてもう一つ、飲み水の確保手段があればな」

「キュイ！」

「ん？　フォルテどうした？」

竜の営巣地に向かう手段をあれこれ相談していると、急にフォルテが張り切りだした。

すいーっと音もなく移動すると、入り口近くの水瓶の上に行き、その蓋を外す。

「飲み水で遊ぶなよ？」

「ピィ！」

俺の注意に抗議の声を上げて、次の瞬間、フォルテの全身が淡い青の光に包まれた。

「お？」

「フォルテきれい」

すると、なんと水がかたまりになって、空中に浮き上がった。まるで丸く研磨された水晶の玉のように、空中に固定されている。

「ピュイ」

「なるほど。そうやって大量に持ち運べばいいって言いたいのか」

「確かにこの方法なら、荷物を圧迫することもないですね」

俺はフォルテをじっと見ると、首を横に振って否定する。

「だめだな」

「ピィ！」

「なんでかって、お前、わずかとはいえ、その水球を維持するのに魔力を使っているじゃないか。水球を浮かべている状態が続く間、その魔力は消費され続ける。違うか？」

「キュウ」

「いいか、冒険者ってのはな、緊急時にいかに余力を残しておけるかが、生死の分かれ道と言ってもいいんだぞ。継続して魔力を消費するような方法を運搬作業に使うのは危険すぎる。お前、それやっている間に襲われたら反撃出来るのか？」

「……キュウ」

「だろ。まぁいろいろ考えて案を出してくれるのはいいことだから。それはありがとう」

「キュ！」

パチャン！　と、水球が元の水瓶に入った。

少々こぼれたが、それを指摘するとせっかく張り切ったフォルテが可哀想なので、見て見ぬふりをしてやる。

きちんと蓋もしたことだしな。

「そう言えば、さっき言っていた水成（みずなり）の実ってなんですか？」

「ああ、森人は別の呼び方をしているのかもしれんが、ええっと」

俺は食料品を保管している棚へ歩くと、そこの袋から常備している水成の実を二つ取り出した。

「これだ」

「ああ、水を溜めるつる草の実ですね。私たちは特に名前はつけていませんでした。食料にならないので」

「まぁ確かに。中身の大半は水だから、食べてもうまくはないよな。だが、これは俺たち冒険者にとっては命綱とも言えるもんなんだ。水は水袋に入れて運んでも持ちにくいし、量を運べないし、うっかり飲みすぎることもある。だが、この実は暗所に保管していればなかなかしぼまないし、青臭いから量を食べられない。それでいて一個かじれば喉の乾きは癒（い）やされる。つる草だから体に巻きつけておいて、ちぎって食えばいいしな。しかも、水よりも腐りにくいんだ」

「すごい実なんですね」

「食べてみるか？」

「はい！」

「ピュイ！」

「お前が絶対そう言うだろうと思って、二つ取って来たんだよ」

俺はメルリルとフォルテに一個ずつ水成の実を渡した。

二人はそれを、「いただきます！」「ピ！」と言いながらかじる。

「うっ」

「キュ〜」

「あはは。慣れない内はつらいよな」

水成の実はひどく青臭いので食べづらい。

しかも見た目よりも固いので、皮の部分は飲み込めず、吐き出すことになる。

俺たち冒険者は種ごとそこらに吐き出すことによって、水成の実を育ててもいた。

「あ、でもこれで思い出しました」

「ん？」

メルリルが皮を手のなかに上品に吐き出しながら言った。

「確か、うちの狩人に伝わる、喉が乾いたときに森で水を見つける方法の一つに、つる草の茎を切って水を溜めるというものがあったはず」

「お、本当か？　どんなつる草かわかるか？」

「それは残念ながらわかりませんが、精霊（メイス）に聞けば水を植物から汲（く）み出せるかも」

「本当か？　それが出来れば一挙に問題が解決するんだが」

「はい。元から持っている性質ならそれを利用することは簡単です。水をよく汲み上げる植物を意識して探せば、教えてもらえると思います」

「それが出来れば、行き帰りの海岸部分だけ水成の実と水袋の水でしのいで、森では植物から水をもらえばいいということになる。嵐が引いたら森に行って試してみるか」

「はい！」

メルリルの表情が明るい。

自分に出来ることがあるとわかってうれしいのだろう。

メルリルにしろフォルテにしろ、こういう積極性は冒険者になりたての若者を思わせる。

何かを始めるときはやたらと張り切るものだ。

だが、張り切りすぎると無理をする。

普通の仕事なら普段よりも疲れたで済む話だが、冒険者にとっては疲労の蓄積は命取りだ。

元気に張り切って仕事をしていた若い冒険者が、体の一部、最悪、命すら失う場面を俺は何度も見て来た。

　情熱ややる気は大切なものだ。

　だが、それが暴走しないようにしてやるのは先達の役目でもある。

「じゃあ、今日はもう休め。無理をせずに一歩一歩、それがいい冒険者だぞ」

「はい！」

「ピュイ！」

　自分の部屋に戻るメルリルと、メルリルに作ってもらった止まり木にふわりと舞い降りるフォルテを眺めながら、俺もおっさん臭くなったもんだと一人自嘲したのだった。

◇　◇　◇

「中地区の水路があふれた！」

　その日、ビュービューと吹き荒れる風と打ち付ける雨の合間からそんな声が聞こえた。

「ヤバいな」

　俺はメルリルの部屋との間にある扉を叩いた。

「はい？」

「メルリル。ここより高台にある水路が氾濫したらしい。床板を上げて避難するぞ。大事なものは身につけて持ち出せ」

「え？　ええ、はい」

メルリルは慌てたような返事をした。

それを確認すると、手早く背嚢を背負って、上からマントをかぶる。

フォルテがパタパタと飛んで来て頭に止まった。

「飛ばされるなよ？」

そう言って俺は外に出ると、メルリルとは反対側の隣、ホロウじいに声を掛ける。

「じじい、水が出た。避難するぞ」

「やれやれ、毎度のことながら骨が折れるのぅ」

返事を確認すると、今度はその向こう、井戸近くの戸口に向かう。

「ミディヌ、ハルン、水が出たらしい。上に避難しよう」

「まぁまぁありがとね。ダスターちゃん」

「あらあら、お弁当が必要かしら？」

「適当に保存食をカバンに突っ込んで持って行けばいいだろ。料理なんかしている暇ないぞ」

「そうねぇ。ありがとう」

最後に反対側の端っこ、一番高齢のカフカじいのところへと走る。

「じいさん！　上で水が出たらしい。避難しよう」

「あの水路はよくあふれるな。きちんと手入れされているのか？」

「ちょくちょく仕事はしているようだけどな、土手の整備が怪しいんだよな、あそこ。モグラが穴を掘ってたし」

「奴らは本当に困ったもんだな。よし、準備出来たぞ」

「さすが手早いな、カフカは」

「なに、年の功だな」

一番最後に声を掛けたはずのカフカじいが最初に外に姿を現す。

次にメルリル、ホロウじいとミディヌとハルンの姉妹は同じぐらいだった。

ホロウじいさんは年寄りぶっているうちに本気で老いが進んだんじゃないか？

「フォルテ、全員の雨除けは可能か？」

「キュル！」

「頼む」

フォルテからふわりと光が放たれて、全身を打っていた雨が何かに隔てられたかのように、体に届かなくなる。

「おおっ？」

「まぁ」

「あらあら」

「うちのフォルテの力だ」

それぞれの驚き方をするジジババに、簡単に説明をした。

全員元冒険者だけあって、その一言で納得して、余計なことは尋ねない。

「あの、どこへ行くのでしょう？」

メルリルが不安な顔を見せた。

すでに足元に水が流れ始めている。

「この街は森側が一番低く、領主館が一番高い地形となっている。水があふれたという中地区はちょうど中間にある。水害の鉄則はより高い場所に逃げることだ。中地区より上だと商店街から先ということになる。広場にテントを張って待機するのがいいだろう」

「広場と言うと、年越祭で祭事を執り行った場所ね」

「そうそう」

「二人共、仲がいいのはいいけれど、お話は歩きながらしなさい」

ミディヌばあさんが先に進みながら振り返って俺たちに声を掛けた。

まったく。

「わかってる」

「ごめんなさい。私のせいで」

「違う違う、あれはからかっているだけだ。俺たちが本気で歩いたら、じいさんばあさんたちを置いて先に進んでしまうから。俺たちは最後尾から行くんだ」

「ふふっ、そうなんだ」

途中で同じように避難して来た者たちと合流しながら広場へ向かう。

その頃には水が太ももあたりまで来ていて、ひやりとした。

年寄りや子どもにはぎりぎりの高さだ。

「子どもの、一人は抱えようか？」

「あ、ありがとうございます」

子どもの手を引きながら避難して来た夫婦は、子どもが五人ほどいるらしく、乳飲み子を背負い、小さな子を抱えてなお、一人は手を引かれて歩いていた。

ギルド近くで店を出している夫婦だったので声を掛けてみたのだ。

手を引かれている子どもの年齢は五、六歳か。

だいぶ大きいがそれでも水が胸近くまで来ている。

「坊主、泣かずに頑張ったな」

「おっちゃんのとこ、雨が降ってない」

「ははっ、こいつの魔法だよ」

「いいな～、俺も魔法使いたい」

平民は、まず魔法を使うことは出来ない。

たとえ魔力があったとしても、神の盟約の恩恵がないからだ。

唯一、神殿騎士になれればチャンスはあるが、狭き門だからなぁ。

「いい魔道具を使えるように金儲け出来る商人になればいいさ」

「雨除けの魔道具ってあるの？」

「あるぞ。しかもそれほど高くない。まぁ使い捨てだけどな」

「へえ！」

広場に行くには水路を通らずに回り込む道がある。

その道まで辿り着くと、そこには水が来ていなかった。

子どもを下ろして両親の元へ帰す。

何度もお礼を言うので「こんどおまけしてくれ」と軽口を叩き、笑って別れた。

広場にはすでにいくつかのテントが張られていた。

一般の人々は毛布などを使って簡易なテントにしているが、冒険者はテント用の敷布を持っていて、頑丈に支柱も立てているので目立つ。

この街には冒険者が多いが、それでも全体としての数は少なめだ。

「俺たちはこの辺にするか」

広場には簡易なイスやテーブルが作り付けられているが、そのあたりは早いもの勝ちで、すでに取られている。

俺は広場の入り口から遠く、人が少なめな場所に支柱を立ててテントを張った。

風は強いが、この程度ならテントが吹き飛ぶほどではない。

雨に濡れずに作業が出来るのは本当に助かった。

「フォルテ、ありがとうな」

「ピュイ！」

「うん、今日は思いっきり威張ってもいいぞ」

体を膨らませて、胸を張るフォルテを撫でてやる。

羽毛がふかふかで、撫でているほうも気持ちいい。

テントに慣れないメルリルを手伝い、手慣れたジジババの分は力仕事だけを手伝った。

「このまま水が引くのを待つの？」

「ああ、雨がやんだら領主さまから見舞いの炊き出しがある。それをいただいたら、戻って片付けだな」

「みんな慣れているのね」

「いつも水が出る訳じゃないが、二、三年に一度は出るからな。雨が長いから水はけが追いつかないんだ」

「そうなんだ」

「だが、大きいのが来たら後は段々引いていく。そろそろ嵐の時期も終わりだ」

右肩の上でフォルテが丸くなって眠っていた。

すでに雨除けの効果は切れている。

テントの隙間から滴る水滴を避けながら、石取りのゲームやカードを楽しみ始めている子どもや大人たちはたくましい。

「おい、ダスター、酒持ってないかのぅ?」

「じじいほどほどにしろよ」

言いながら、俺は背嚢から小さな酒壺を出してやる。

受け取ったじじいは、うれしそうに年寄り仲間で盛り上がった。

「ほれ、じいさん、ばあさん、酒盛りじゃ」

「お前がじいさんだろうが」

「ばあさんとか失礼ね!」

ジジババはほんと、元気だな。

その日を境に少しずつ雨の日が減り、本格的な春が訪れた。

水に浸かった床下には、しばらくの間、熱を発する土を入れて木材の消毒と乾燥待ち。と、本来ならなるところだが、メルリルが木材の状態を元に戻したので、手早く終わった。

ありがたいね。

「本当にメルリルちゃんにはお世話になっちゃって。ふふふ」

と、ジジババにも感謝されている。

最近は一緒にいろいろ教わったり、逆に教えたりしているらしい。

まぁ俺もここのジジババに冒険者の心得を叩き込まれたもんだ。

「美味しい煮込み料理の作り方を教わったので、おすそ分けです」

「ありがとう」

冒険者の心得だけじゃないっぽいが。

さて、気候のコンディションが整ったので、竜の営巣地へのアタックをリアルに計画する段階となった。

まず、メルリルを大森林に連れて行くことにする。

メルリルが住んでいた緑の獄……じゃなかった、森人の森とこの大森林は全く違う森だ。

具体的には休憩なしの馬車で十日ほどかかる距離だ。

植生も少し違っていた。

大陸最大の魔力の源である大森林で、どの程度、メルリルが巫女としての力を発揮出来るかということを確かめておきたかったのだ。

ついでに山菜を採取して、日銭も稼いでおく必要がある。

この時期は、本来は嵐の後の森の現状調査の仕事を受けるんだが、長期の仕事なので今回は受けられない。そのせいもあって、ちまちました小遣い稼ぎをしておかなければならなかった。

「どんな感じだ？」

「精霊（メイス）の感触としては、こちらのほうが硬いですね」

「硬いというのは？」

「う〜ん、なんて説明したらいいのか。精霊（メイス）というのは意思を持った魔力のようなものなんです」

「それは恐ろしいな」

「ああ、いえ、ええっと、精霊（メイス）自体は、何がしたいとかの欲求を持っている訳ではありません。好みはありますけど」

「いや、害がないならいいんだ。無理に俺に説明しようとしなくていい。それで硬いというのは、やりにくいということなのか？」

「たとえば扉があるとしますよね」

「ん？　ああ」

「すごく重い素材で最初は開くのに力がいるんですけど、いったん開いてしまうと、後はその重さの分軽く開くことが出来る。そんな感じです」

「おお、わかりやすいな。なるほど。ということは難しいという訳じゃなくて、勝手が違う感じか」

「そんな感じです」

ということで、メルリルがこの大森林でも問題なく力を行使することが出来ると判明した。

基本的な下準備を整えた俺たちは、ギルドを訪れた。

「ギルドマネージャー。俺たちは海岸側から竜の営巣地付近に向かう。ひと月はかからんと思うが、まぁ安全基準はふた月ぐらい見ておいてくれ」

「馬鹿抜かせ。ふた月放っておいたら、お前ら骨も残ってないぞ」

「今回は場所が場所だ。探索隊は出すな。戻って来なかったら酒でも供えてくれればいい」

「おいおいやめろよ。お前、あのお嬢さん連れて行くんだろ？　そんな無茶はお前らしくないじゃないか」

「結果がどうでもメルリルは無事に帰すつもりだ」

「じゃあお前も無事に帰って来い」

「そうだな」

「よし。ほれ、お前の認識票とお嬢さんの認識票な」

「ピャア！」

「うおっ！　なんだこいつどうした！」

ギルドマネージャーが俺とメルリルの認識票を渡してくれたのだが、フォルテがギルドマネージャーに向かって翼を打ち付けながら文句を言ったのだ。

「あー、フォルテ。お前は冒険者登録出来ないんだ。すまんな」

俺がそう説明すると、今度は俺に抗議を始めた。

「ギャアギャアギャア！」

「いてっ！　仕方ないだろ！　鳥は冒険者になれん！　いてぇ！」

髪を引っ張るのをやめろ！　薄くなったらどうしてくれる！

「まったく、こっちはメルリルに大事なことを言い聞かせているっていうのに、騒がしいね」

俺たちの騒ぎを他所に、少し離れたところでは、ギルドメイドのリリがメルリルと何やら話をしていた。

「リリ姉さん。私大丈夫だから」

「だって、冒険者になったばかり。戦い方もろくに知らないような子を森の奥、しかもあのドラゴンの巣の近くにまで連れて行くなんて！　いくらダスターさんだって無茶だよ」

「私は森人だから、森では誰にも負けない自信があります」

「うっ、そう言われてしまうと私もあんまり強く言えないけどさ」

「ダスターには冒険者として必要なことは教わりました。きっとこれからも教わることはたくさんあると思いますけど、だからといって足踏みだけしていても前には進めないでしょう？」

「絶対無事に帰って来るんだよ？　うちのばか旦那みたいに約束を破るのはなしだよ」

「はい。必ず」

リリはどうやらメルリルを引き止めたかったらしい。

それなら俺に任せたりせずに、リリがメルリルをずっと預かっていればよかったように思うんだが、女というのは難しいな。

もしかしたら女の勘とやらで何かを感じていたのかもしれない。

「すまんな、リリ」

「信じてるから、ダスターさん」

「おう。今もギルドマネージャーからケツを叩かれてたところだ」

「絶対だから」

絶対というのは幻想のなかにしか存在しない言葉だ。

だが、だからこそ俺はリリに答えた。

「ああ、わかってる」

「メルリルも」

「うん。大丈夫、私がダスターを守るから」

「まぁ」

「ほう」

メルリルの言葉に、リリとギルドマネージャーが揃ってニヤニヤし始めた。

まぁでも確かに、森のなかでは俺がメルリルに助けられることは多いと思う。

……どうでもいいがフォルテ、そろそろ髪を引っ張るのをやめろや。

さて、ギルドではつい周りに流されて、まるで今生の別れのような愁嘆場を繰り広げてしまったが、別に死にに行く訳じゃない。

単に頼まれた伝言を届けに行くだけの話だ。

あの青いドラゴンがまともなら、俺たちに危害が及ぶようなことはないだろう。

「あまり気負うなよ。あいつら、ちょっと大げさだからな」

「いえ、ああいう雰囲気嫌いじゃないです」

「そうかよかった。うちのギルドは特殊なんだ。なにしろギルドマスターが熱血でな。冒険者を使い捨てにするギルドに憤慨して、新たに自分でギルドを立ち上げた元冒険者という経歴だから」

「そうなんですね。私はあそこしか知らないから、普通なんだと思ってました」

「普通のギルドはもっとドライでビジネスライクだ。俺はうちのギルドが居心地いいんだが、若い連中はああいう暑苦しさを嫌う傾向があってな。それでうちには、あまり若い冒険者がいないんだ」

「わかります。若い子って干渉されるのを嫌がりますよね。……あ、こんなこと言ってると、もう若くないみたいでちょっとショックです」

「メルリルは十分若いさ。少なくとも俺よりは若い」

「それって慰めてます？」

「あはは」

俺たちは森に入り込むとメルリルの精霊の道を使った。

ただ、この道にも問題が多い。

一番の問題は、外の様子がメルリルにしか見えないということだ。

打ち合わせでは、特徴的な地形を目印にして、そこでいったん外に出て確認しながら移動をすると決めていた。

何より道のなかでは寝食が出来ない。

道のなかと外は完全に別空間となっていて、道のなかでは生理的な活動がかなり低レベルになるとのことだった。

感覚は鋭敏になるが体の活動は低下するらしい。

「風を纏うのならそういうことはないんですけど。風を纏えるのは自分だけなので」

「勇者たちを付け回したときに使っていたのがその風を纏うやり方か。外から感知出来なくなって移動速度も上がるんだったな」

「風と同化するみたいな感じです」

「精霊の森の道は別空間のなかから外の空間を繋いでいく感じ、か。さっぱりわからんな」

「すみません」

「いやいや、謝るようなことじゃない。むしろ誇るべきことだぞ。それに身体機能が抑えられるということは、寝食を節約出来るということでもある」

「あ、でもあんまりここにいすぎると体に負担になるんです。だから、普通は移動距離を縮める程度にしか使いません」

「いいことばかりじゃないか」

話しながらゆったりと進む。

精霊（メイス）の道は、危険な森のなかを移動しているという感じがしない。

美しい花が咲き誇る明るい緑の洞窟を、鳥や小動物の気配を感じながら散策しているようだ。ついついのんびりとした気分になってしまう。

「あ、亀裂がいっぱいあるところに来ました」

「もうか。だいたい半日で来れるとはな」

「普通はどのくらい掛かる距離なんですか」

「トラブルなしで一日半。問題が起きたら二日というところか」

「その辺はうちの森と同じぐらいですね」

そう応（こた）えながら、メルリルは笑う。

もしかしたら故郷を思い出したのかもしれない。

「では、出ます」

メルリルは腰の横笛を取り、細く透き通るような音を響かせた。

「キュルルルル〜」

なぜかフォルテがそれに合わせて歌った。

力を発揮している風ではないので、単に歌いたかっただけなんだろうな。

優しい旋律と共に、緑の洞窟は端から解けるように消えていく。

最後に甘い花の香りを残して、まるで最初から存在しなかった幻想のように道は消え去った。

「意識すると、確かに体の感覚が違うな」

手を握ったり開いたりして感覚を確かめる。

最初はふわっとした違和感を覚えたが、徐々にいつもの感覚が戻って来た。

これは用心しないと道から出た直後は危険だな。

まぁ安全な場所から外を確認しながら移動するんだから、万が一ということもないんだろうが、万が一のアクシデントに備えるのも大切だ。

俺は密かに道のなかで体の感覚を保つ方法を考えておくことにした。

俺たちが降り立ったのは、森のなかで地形が最も複雑な場所だ。

いくつかの亀裂が続いているので、地形的には谷が連続しているという、移動しにくい状態となっている。以前、竜の砂浴び場に行くルートで越えた亀裂の続きで、さらに北側にあたる。

「ここで一度、小休止するか。体の感覚も馴染ませる必要があるだろう」

「はい」

「水袋の水を飲んで、何か食べるものを口に入れておくといい。ここは精霊の道が通せないんだろう」

「そうですね。崖を越えて、植物が安定して生えているところじゃないと、道は開けないです」

「じゃあ俺はルートを確認する。フォルテ、メルリルを守っておいてくれ」

「あ、私は大丈夫です。いざとなったら風を纏いますまと」

「不意打ちは防げないだろ。いいから新人はベテランの言うことを聞いとけ」

「うう……はい」

メルリルは不本意そうだったが、結局は折れた。

俺は改めて地図を確認する。

地形と照合して、ここが大森林から海岸へ抜けるルートのちょうど中間地点であることを、はっきりと認識した。

この分だと、海岸には明日の夕方には到着してしまうかもしれない。

さて休憩が終わったら、崖を越えて進むとするか。

崖の状態を確認しながらルート取りをして、降りられそうなところに杭を打つ。

この杭は先が丸く輪になっていて、輪の部分にフック状になっているロープの先を引っ掛けることが出来る。

下に降りた時点でロープをたわませてフックを外せば、ロープを回収出来るのだ。

場所によってロープを固定するか外すかを考えながら使い分ける必要があるが、このロープと杭ならどちらの方法にも利用出来る。

杭を崖の内側に打ち込めば、下からフックを引っ掛けることも出来るしな。

俺は地道に移動するとして、メルリルは風を纏えばこの崖をロープを使わずに降りることが出来る。

まぁそのほうが安全だな。

いっそ、崖を移動中はずっと風に乗っていてもらうか。

メルリルの巫女(メッセリ)の力は、森では恐るべき威力を発揮する。

どこにでも移動し放題だし、いつでも身を隠すことが出来る。

単独で行動するならほぼ危険はないだろう。油断さえしなければな。

ルート確認から戻ると、駄目になりやすいものから食べていくようにという俺の言葉を守って、メルリルは食料のなかの果物を口にしていた。

フォルテもおすそ分けしてもらっている。

なんとなくほのぼのとした気持ちになる光景だ。

そうやって、出だしは穏やかに、竜の営巣地へのアタックは始まったのだった。

「俺は崖越えをする。メルリルは風を纏ってついてきてくれ」

「はい」

「お、ちょうど霧(ガス)も切れたな。向こうに山の尾根が見えるだろ。あそこがドラゴンの営巣地の端っこだ」

「……あれが。すごく遠く感じる」

「実際けっこう距離があるが、メルリルのおかげでかなり時間は短縮出来そうだ」

「役に立てたのならよかったです」

「十分以上役に立っているさ」

お互いにうなずき交わすと、俺は連続する崖の攻略に取り掛かった。

メルリルは姿を消し、気配は全く感じられない。

「こりゃあ、勇者もわからないはずだ」

勇者は技術を磨いていないので、魔力を目で見たり、細かく操作したりするのは苦手だ。しかしあれでけっこう勘がいい。魔物を探索しているときに、当てずっぽうで歩きまわって見事引き当てたということが何度もあった。

ちゃんと鍛錬を詰めばすごい勇者になるだろうに、なまじすぐになんでも出来るようになるから、深く習得するために頑張るという発想がないらしい。

ともあれ、その比喩でもなんでもない神がかり的な勘でも、付け回していたメルリルを撒いたり撃退したりすることが出来なかったのだ。

それは本当にすごい能力と言える。

本当にそこにいるかどうかわからないというのは不安だが、メルリルを信じて、俺は崖越えに集中した。

しばらく進むと、風切りワシが姿を見せ、俺に対して執拗な攻撃を始めた。

どうもフォルテを狙っているようだった。

俺が愛刀の断ち切りを抜こうとする前にフォルテが飛び上がり、青い炎のような魔力を解放する。

渦を巻く青い魔力が風切りワシに絡みつき、ワシの魔物は悲鳴を上げながら崖下まで落下した。

「クルル」

フォルテが珍しく地面に降り立ち、羽を広げてなにやら細かく体を震わせた。

なに？　勝利の踊りか、それ。

光を集める羽がキラキラと輝き、たいへん美しいが、どう相手をしていいかわからない。

「偉いぞ」

とりあえず褒めることにした。

その俺の傍らに、ふわっとメルリルが現れ、「フォルテ、格好よかったですよ」と告げるとまた姿を消した。

何もこいつを褒めるためにわざわざ出て来なくてもいいのに。

だが、どうやらそれで満足したらしいフォルテは、俺の頭に戻ったのだった。

魔物も動物たちも嵐が過ぎると恋のシーズンに突入する種類が多い。

さっきの風切りワシもそうだ。

おそらく目立つ獲物を狩ってメスにアピールしたかったのだろう。

もしかしたら、フォルテの光る羽根で、巣を飾りたかったのかもしれない。

思惑が外れて残念だったな。

生きていたら、今後は目立つ獲物を狙うのはやめたほうがいいぞ。

俺は切り立った壁のような崖を上がったり下がったりを繰り返し越えていく。途中で岩トカゲに二度ほど突っかかって来られたが、軽く切断して食材に変えた。

「しかし本当に、技が軽く発動するようになったな」

今まで魔力を集中して時間を掛けて発動していた技が、一瞬で無意識の内に発動するようになったため、岩トカゲ程度ではほとんど障害にすらならない。

岩トカゲは飛びかかる前の動作に必ず溜めがあるので、そのときを狙うことで簡単に狩れるのだ。

「技が出やすいというよりも、魔力が自在に操れる感じか。いや、魔力量も増えてないか？」

おそらくはフォルテの存在が関わっているのだろうが、学者でもない俺に詳しい原理がわかるはずもない。

神の盟約は魔法を付与するという話なので、こっちの盟約も本当はもっと違う方向に行き着く力なのかもしれないが、俺たち平民には魔法の使い方とかわからないからな。

とりあえず岩トカゲを解体して、内臓と骨は崖下に落として処分する。まぁ同族が食うだろう。

肉は、今夜食うにはちょっと早すぎるので、皮に包んで保管する。

動物は死んだ直後はあまりうまくない。二日目ぐらいに食うのがちょうどいいのだ。

ただし、保管がわりと難しい。

今の時期ならあまり神経質にならずに保管出来るので、どうせならうまい時期に食ったほうがいいと思い、荷物のなかにしまい込んだ。

スライムジェル入りの箱で囲むと、温度変化も防げるので効果的だ。

「何か楽しそうです」

いつの間にかメルリルが出て来ていた。

「岩トカゲの肉は淡泊なんだが、その分つけた下味がきっちり反映するんだ。香りのいい香草を一緒に入れておいたから、うまい肉が食べられるぞ」

「ああ、おばさんもいつも言ってました。トカゲ肉は料理のしがいがあるって。ただ、私がやると、味がしなくて……」

「ま、まあ誰にでも苦手なことはあるさ。少しずつ覚えていけばいい」

「……そうですね」

「崖もあと二つ越えればまた森になる。頼りにしてるぞ、メルリル」

「はい！」

「ピィ！　ピッ！」

「なんでお前はそこで自己主張するんだ？　もしかして他人が褒められてるのが悔しいのか？」

「ジィーッ、チッチッチッ」

「どうしてそこで威嚇する」

「あはは」

メルリルが俺とフォルテのやりとりを見て笑う。

いや、そんなに面白いものじゃないだろ？

「はいはい、二人共、先に進むぞ」

なんだかんだで亀裂地帯を乗り越えて、そろそろ野営の準備をするべきという頃に森に到着した。

だが、到着した途端に森の方向から強烈な殺気を感じ、俺は慌てて飛び退く羽目になる。

危なく今越えて来たばかりの崖に真っ逆さまに落ちるところだったぞ。

「フシュー！」

「おいおい勘弁してくれよ」

鋭い威嚇音。

デカい蛇の魔物だ。もしかしたら迷宮化した湖方面から来たのかもしれないな。

テラテラと表皮がぬめりを帯びて光っている。

目の上あたりに大きく盛り上がったコブのような器官。

瘴気沼蛇（しょうきぬまへび）だ。

体の表面を覆（おお）っている粘液も、目の上のコブの中身も全部が猛毒という厄介な相手である。

しかもデカい。

頭だけで俺より一回りは大きいだろう。

さらに胴体が太く長い。

この怒り方、もしかしたら子持ちかもしれない。

子持ちはヤバい。相手が死ぬまで、攻撃を諦めるということを知らないのだ。

太陽は少しずつ沈みつつある。すぐに空の色は赤く、風景はぼんやりかすみはじめるだろう。

一日の内で、最も周囲を視認しにくくなる時間帯となる。

「ダスター！」

「メルリル出て来るな、いきなりあの相手はさすがにきつい」

「でも」

「大丈夫だ。そうだな、出来ればあいつの気を散らしてもらえると助かる」

「やってみます」

言って、メルリルが指先を振ると、瘴気沼蛇の背後の草木が激しい風に煽られたようにガサガサと大きな音を立てる。

いや、実際あそこだけ風が起こっているようだ。

俺に今にも飛びかかろうとしていた蛇は、一瞬びくりとして盛んに舌を出して確認する。

今だ！

俺は愛刀「断ち切り」を抜き放つと、そのまま蛇に駆け寄った。

蛇はすぐに俺に意識を戻し、両目の端のほうから毒を飛ばして来る。

幅広の太刀である断ち切りを顔の前にかざして、毒が顔に掛かるのを防ぎ、そのまま振り払い、返した刃で「断絶の剣」を発動。

蛇の脇を走り抜けると同時に横っ飛びに離れた。

ドウッ！　っと、巨体が地面に叩きつけられる音が響く。

巨大な頭が地面に転がり、次いで胴体が倒れ伏した。

「アツッ」

瘴気沼蛇は無事に倒したが、手の甲から腕にかけて毒が掛かったらしい。

もったいないが仕方ない。俺は水袋を取り出すと、毒の掛かった箇所を洗い流した。

それにしても本格的に暗くなる前に倒せてよかった。

もう少し暗かったら毒を避けられたとは思えないからな。

今でももう、手元も見えづらくなって来ている。

夕闇の頃は本当に視認がきつい。まだわずかに明るいから暗視も意味がないのがつらい。

「大丈夫？」

「キュゥ」

メルリルとフォルテが心配そうに俺を覗き込む。

右腕が赤くただれたようになっているのを見て、メルリルが息を呑んだ。

俺は荷物から蛇系の毒を中和する塗り薬を取り出し、ただれた箇所に塗り込み、スライムジェルでその上を覆う。

それほど効果が高い薬ではないが、これで悪化することはない。

「ええっと、癒やしの葉。う～ん、ひんやりとして幅広で、傷口をカバーするのにちょうどいい草が近くにないかな」

植物のことはメルリルに聞くのが早いが、問題は名前が一致しないことだな。

俺が説明すると、メルリルは少し考えてから言った。

「少しだけ意識を合わせていいですか？」

「あ？　ああ」

「う～ん、あ、わかりました」

メルリルはさっと走り出す。

「フォルテ、カバー」

「ピッ！」

メルリルの後をフォルテが追って飛んで行った。

意識を合わせる、か。

特に何かを感じた訳ではないが、おそらくメルリルは、俺が思い浮かべた草の姿を共有したのだろう。共感というのも便利な能力だな。

二人はすぐに戻って来た。

まぁ俺が言ったのはどこにでも大体生えている草だからな。

名前は癒やしの草だが、薬草のような効果はない。

昔から俺たち冒険者が包帯代わりに使ったりしているだけの、何の変哲もない草なのだ。

毒や強い成分がなく、安全でやわらかくて幅広で丈夫というのが特徴と言えば特徴だ。

メルリルはその何枚かの葉っぱを、荷物から取り出した布で丁寧に拭って準備を整える。

「じゃあ巻き付けますね」

「ああ、頼む」

メルリルは葉っぱの先端を二つに裂き、茎側を葉っぱの間に挟むように巻いた後に、裂いた両側を腕に結び、さらに細くて短い木の枝に結んでぐるぐるねじって葉っぱの間に突っ込む。

「メルリルたちのところでもこういう風に使うのか？」

「ええ。と言っても、私が使ったのは子どもの頃の話ですけど」

「そうか、思ったよりおてんばだったんだな」

「……子どもの頃の話ですよ？」

念を押したメルリルが可愛い。

さて、傷の手当が済んだら倒した蛇の始末だが、これはほんとどうしようもないな。

牙や毒袋は欲しい素材だが、そもそもこの蛇は触るのも危険な相手だ。

持ち運ぶための特殊な袋も必要で、準備なしでの解体も出来ない。

「放置するしかないか」

「そうですね。こういう毒持ちでも平気で食べる生物も森にはいるので」

「ピュィ！　ジッジッジッ！」

突然フォルテが警告を発した。

慌てて周囲を見回し、うすぼんやりした地面に落ちる大きな影に気がつく。

「離れろ！」

俺は急いでメルリルの腕を掴んでそこから離脱した。

空から音もなく巨大な影が降り立ち、蛇の胴体部分を掴むと飛び立った。

「大フクロウだ」

「あんな大きいフクロウ初めて見ました」

「俺も大森林以外では見たことないな。夜に活動するんだが、羽音は立てないしデカいしで、夜の森で最もヤバい相手なんだ。しかし、瘴気沼蛇を食うのか。毒も平気とはおそろしいな」

「毒のあるものを食べる生き物がいる、と言ったそばから出会ってしまいましたね」

「そうだな」

少し笑う。そして気持ちを切り替えて、メルリルに頼んだ。

「さすがにここで野営は無理だろう。すまないが精霊（メイス）の道を使って少し進んで野営にいい場所を探して欲しい」

「わかりました。方向は？」

「太陽が沈んだ方向に真っ直ぐだ」

「はい」

メルリルが笛を取り出して奏で始めると、またもやフォルテがそれに合わせて美しい響きで歌い出した。

どうやらメルリルの笛がお気に入りらしい。

異なる二つの音色が、暗闇に沈み始めた森に吸い込まれるように響き、風景が緑の渦巻きに変わる。現れた道は、外の暗さと関係なく明るかった。

「とても精霊（メイス）が濃いので、むせるかも？　注意してください」

「わかった。って、これはまた」

目に映る風景が魔力で輝いている。

鼻腔にふれる大気の香りが、ねっとりと濃厚な蜜のようだった。

むせはしないが酔いそうだ。

「崖の前まではこうじゃなかったよな」

「ええ、すごい勢いで精霊（メイス）の力が濃くなっています」

「ドラゴンのせいか」

「はっきりとは断言出来ませんが、おそらくは」

くらくらするが、決して不快ではない。

むしろ踊りだしたくなるほど爽快な気分だ。

ふと、右腕がむずむずするのに気づいた。

「うおっ！」

包帯代わりに巻いた葉っぱが成長して茎が伸びて蕾を付けている。

俺は慌てて葉っぱを腕からほどいた。

このままにしていたら、腕が草原になりそうだ。

「ククッ」

「ククッ」

俺が自分の発想に思わず笑うと、フォルテも同じように真似して笑う。

こいつめ。

癒やしの葉を腕から剥がして地面に落とす。

まるで時間がすごい勢いで流れているかのように、地面の上に癒やしの葉が広がり、花を咲かせた。そして、葉っぱを剥がした俺の腕は光輝いていた。

「あはは」

もはやなんでもありだな。

スライムジェルの原料は植物の種の中身なのだが、それが金色に輝いて、少しずつ蒸発しているようだった。

それと同時に、ただれて赤くなっていた腕が何事もなかったように元の状態に戻る。

みるみる内にきれいに治ってしまった。

「精霊の道に、こんな効果があるのか」

「いえ、そんなはずは……きっと精霊がはしゃいでいるのだと思います」

「精霊がはしゃいでいる？」

メルリルがうなずく。

「精霊は意思を持ってはいますが、常に変化を続けてその意思を固定することはありません。つまり個を持たないのです。ただ、近くに感応出来る存在がいると、個別の感情のようなものを持ちます。私たち巫女はそれを笛や歌、踊りなどでコントロールしているんです」

「待て。そうなると今、この精霊は、メルリルのコントロール外ということか？」

「道はきちんと保たれています。わかりやすく言うと、頼んだ以上のサービスをしようとしているんです」

「ああ、なるほど」

ふいに、やわらかな風が巻き起こり、俺たちを囲むように花びらが舞う。

「……酔っ払っているのとは違うんだよな？」

「……おそらく」

巫女（メッセリ）であるメルリルにもわからないとか、ヤバくないか？

少々不安を抱きながらも、俺たちは野営出来る場所を探しつつ、精霊（メイス）の道でわけのわからない歓迎を受け続けたのだった。

結局、ある程度の安全なスペースを確保出来る場所を見つけるのに時間がかかり、外に出られたのは夜もかなりふけてからとなった。

道の明るさから外の暗闇へと移る際に、目をならすためにあらかじめ目をつぶっておく。

やがて攻撃的に尖った木の香りと、湿り気を感じさせる土の匂いが鼻腔（びくう）に満ちた。

外の空気だ。周囲に敵意は感じない。

目を開くと、やはり真っ暗で何も見えなかった。

頭上を見上げると、歪（いびつ）な丸い穴に見える星のかたまりがある。

俺は目に魔力を巡らせようとして、すでに暗視が発動しているのに気づく。

やはり、そうしようと思った時点で、やりたいことが出来てしまうようだ。

今まで意識して行って来たことが無意識に出来ることに慣れるべきなのか、一時的なこととして慣れないようにするべきなのかの判断が、まだつかない。

「メルリル？」

ゆっくりとその場から距離を取ろうとしているメルリルに声を掛ける。

「結界を張っておきますね。そんなに広くなくていいですよね」

「結界も張れるのか」

「忘れたんですか？　村の結界を張っていたのは私たち代々の巫女（メッセリ）ですよ。むしろ得意分野です」

「なるほど。それもそうか。どうも結界というと教会絡みを思い出すんで、森人のほうはとっさに思いつかなかった」

「結界はどの精霊（メイス）でも作れるんです。でも、風の結界が一番便利でしょうね」

「精霊（メイス）ごとに結界に違いがあるのか」

「はい。土や水は地面を起点にした結界で、足を地に着けている者を強固に阻（はば）むことが出来ます。風の結界はやわらかいんですけど、空から来る者も地面を移動する者も、全てを阻むことが出来るんです。何よりも、そこに在ることに気づかれません」

「それは確かに便利だな」

「でしょう」

にこりと笑ったメルリルは、開けた野営場所から少しだけ離れた場所でかすかに、だが染み透るような声で詩を歌いながら歩き出す。

開けた場所を中心に円を描くように歩いていた。

そのメルリルの全身に淡い光のようなものが絡んでいるのが見える。

「魔力では、ない？」

その輝きは俺の知る魔力とは違ったものだった。

もしかするとあれが精霊（メイス）なのだろうか？

メルリルの歌は、不思議なことに、意識を逸（そ）らすと風の音にしか聞こえない。

メルリルに意識を向けることで、不思議な透明さを持つ歌として認識出来るのだ。

メルリルの体に纏わりつく光は淡く輝き、だんだんと増えて行く。

それはまるでメルリルがまとう透き通るドレスのようだった。

「ん？」

気づくと、メルリルのところにあった光が、俺とフォルテの周囲にもふわふわと集まって来ている。具体的に何か聞こえる訳ではないが、小さな子どもがクスクスと笑っている感じがした。

「これが風の精霊（メイス）」

メルリルは、精霊（メイス）は意思を持った魔力のようなものと言っていたが、おそらく魔力とは全く違うものだ。確かに似た感じはするのだが、魔力には感じない、存在する力を感じる。

魔力は熱や冷たさのような、単なる作用する力だ。

だがこの精霊（メイス）という存在は、もっと生き物寄りの何かのようだった。

「そう言えば、アルフだったかミュリアだったか、確か世界も生きていると言っていた。精霊（メイス）という存在を知ると、確かに世界に命があってもおかしくはないと思えるな」

周囲を歩くメルリルを目で追っていたら、いつの間にか一周していたようだ。

ふうと小さく息を吐いて、メルリルが戻って来た。そして、困ったように俺の顔を見て言う。

「ダスター、精霊（メイス）が踊っています」

「やっぱりこの光みたいなのが精霊（メイス）なんだな。さっき、メルリルが結界を作りながら歌っているときに、はしゃいで俺に絡んで来たんだ」

「そうなんですね。ほら、戻って」

メルリルが手を差し出すと、淡い光はすうっと消える。

「よくないのか？」

「悪いとは言えないんですけど、普通の人があまり近くで接すると、魂が引きずられると言われています。私たちは特別な訓練をしているから大丈夫なんですけど」

「そんな危険なものには見えなかったたな」

「無邪気なんです。だからこそ危ない。彼らは、人間が自分たちと同じではない、ということがわからないんです。彼らに誘われるまま、精霊（メイス）の世界に入り込んでしまった人もいます」

「あの道のような？」

「そうですね。でも、似ていますが道ではない場所です。私も行ったことはないので、詳しくはわかりませんが」

「神隠しというやつか」

「そうです。やっぱり平野人にもそういう伝承があるんですね」

「ああ」

俺は体にマントを巻きつける。

「食事も今さら取れないし、腹が減って眠れないようなら何か少し口に入れるといい。大量には食うな。普段よりもよく噛んでから呑み込むようにしろ」

「はい。ふふっ、お父さんみたい」

「やめろ。そんなに歳は違わないだろ」

「あはは、ごめんなさい」

メルリルはマントを体に巻きつけて、俺の隣に座った。

「おい？」

「このほうが安心でしょ？」

そう言って、体を寄りかからせたと思ったら、すぐに寝息を立て始めた。

かなり疲れていたらしい。

そりゃあそうだよな。こんな風に森を踏破することなんてなかっただろう。

メルリルは里では大切にされていた巫女（メッセリ）だ。狩りに出たこともないと言っていたしな。

俺はあえてメルリルを気遣わなかった。

メルリルの年齢から冒険者になるなら、生半可な覚悟ではやっていけない。

諦めるなら早いほうがいいし、続けるなら続けるで、早くどん底を経験する必要がある。

「それでも、少し可哀想なことをしたな。そもそもメルリルの能力にかなり頼っていたんだ。もっと気を配ってしかるべきだった」

「キュゥ」

「なんだお前は違う意見か」

「ピィ、ピピッ」

「いや、十分認めているぞ。さっきも言ったが、だいぶ頼ってもいる」

「ピィ！」

「え？　過保護じゃないだろ。まぁでも同等に扱っているかというと、違うだろうな。そもそも彼女は冒険者として新人だぞ。ある程度指導しながらになるのは仕方ないだろ」

「キュゥ」

「なんでそこでお前の話になるんだ？　あ、こいつ寝やがった」

フォルテはどうも、自分やメルリルをもっと頼れと言いたいらしい。

しかしお前ら、今この瞬間もグーグー寝てるじゃねえか。

そんなありさまでどう頼れと言うんだ？　普通の冒険者パーティなら交代で寝るんだぞ。

「やれやれ」

俺はいつものように半分だけ眠る。

夜空の恐ろしいほどの星の光と、夢まで届かない幻想が混じり合い、現実への認識が薄くなる。

そんな風にぼんやりとしながらも周囲に感覚を向けたまま、体と思考の状態をゆっくりと段階的に下げて行く。

そうだな、まぁ明日からは少しは考えてみるさ。

世界を間近に感じながら一夜を過ごし、夜明け前にそっと起き出した俺は、組み立て式の簡単なストーブと鍋置きと風防けをセットする。

そして荷物から昨日の岩トカゲの肉を引っ張り出し、皮の上から押してみた。

どうやら固さは取れ、やわらかくなって来ているようだ。

肉を削ぐように切り取って鍋に入れ、水、果実酒、塩と香草を加え、蓋をして上に石を載せる。

着火の魔道具でストーブに火を付け、鍋置きの高さで火加減を調節した。

煮込んでいる間にその辺の地面を探すと、どこにでも生えている、てのひら草が見つかる。

てのひら草と紫てのひら草は、どこにでも生えているわりに便利に使える薬草だ。

主に子どもや貧乏人がケガを治したり、飢えをしのぐために利用している。

そのせいで、飢饉になったら真っ先に全滅する草でもあった。

適度に摘んで、布で丁寧に表面を拭き取る。

そうこうしている内にうっすらと周囲が明るくなった。

「ダスター、いい風の訪れが感じられる一日の始まりに祝福を。あ、もしかして食事を作っていたのですか?」

少しぼーっとしながらメルリルが朝の挨拶をして来る。

そしてすぐに匂いに気づいて、はっとしたように鍋を見た。

「ああ、メルリルおはよう。今朝はトカゲ肉だ。食べられないってことはないよな？」

「ピュイ！」

俺の挨拶と共に、今の今まで俺の頭の上で寝ていたフォルテが、いかにもすでに起きてましたよと言わんばかりの挨拶をした。

「あ、はい。食べられないものとか……ちょっとしかないです」

ちょっとはあるのか。

何が苦手なのか後で聞いておこう。

「あ、あの、料理は私が……いえ、駄目ですね」

メルリルは自分で発言したことに自分でダメ出しをして落ち込んでいる。

なんとなく自分の料理の腕を自覚しているのだろう。

だが、最近は料理上手のハルンばあさんに料理を習っていたはずだ。

がんばれ。

「野営の料理なんか簡単でいいんだ。味はどうでもいいし、要は腹を壊さなければいい」

「う、はい」

む、さらに落ち込んだぞ。なぜだ。

疑問に感じながらも鍋を覗くと、ほぼ水分が飛んでいい具合に肉が仕上がっていた。

「いい具合に肉が出来た。このてのひら草に包んで食べるといい。てのひら草には解毒作用もあるし、消化にもいいんだ」

「あ、てのひら草は同じ名前なんですね」

「昔からどこにでもある草だから、種族が別れる前から、そう呼ばれていたのかもしれないな」

メルリルは少し上目使いで俺を見る。

う、ちょっとドキリとしたぞ。なんだ、どうした？

「これ、ちょっと苦いですよね」

「苦いのが苦手なのか。子どもみたいだな」

「ううっ、へ、平気です！」

メルリルはてのひら草を受け取ると、俺のマネをして、葉っぱの上に肉を乗せてつまむようにして食べた。

「あ、少し苦味はあるけど、それほど気になりませんね」

「意外と大丈夫だろ？　てのひら草は豆料理のときにも包んで一緒に食べられて便利なんだ。皿は携帯セットに入ってないんで持って来てないからな」

「携帯セットはこの鍋とカップが組み合わさったものですね。このストーブと鍋置きも組み合わせて収納出来るんですよね」

「そそ、それで、この風防けは少し伸ばして衝立代わりにもなる」

「元は棒だけなんですね」

「ああ、組み立ててマントや毛布を引っ掛けて使う。テントの支柱にもなるんだ」

「冒険者の道具って不思議なものが多いです」

「メルリルももう冒険者だからな。今は最低限の装備だけだが、いずれ自分の愛用の道具を自分で揃えるんだぞ」

「はい！」

返事をしたメルリルがやたらうれしそうだ。

最初は俺に依存しているのではないかと心配したが、冒険者になりたいというのは本気らしい。

それなら俺もちゃんと新人として、そして何よりも、パーティメンバーとして本格的に心得を教えて行かなければならないだろう。

食後、森のなかをメルリルの作る道で進み、午後には海の近くまで出た。

海の手前は岩場になっていて、足元の悪いなかを進まなければならない。

俺はロープでメルリルと自分を繋いだ。

「ここは崩れやすい。足元に注意しながらゆっくりと進め。岩と岩の間の隙間に気をつけろ。毒蛇や毒トカゲが潜んでいることがある。手袋は装着したな？」

「はい」

「ピューイ」

「ん？　そうか、頭上は任せた」

フォルテが頭上の警戒を買って出て、俺の頭から飛び立った。

草も木もないから頭上からなら周囲が丸見えだ。

いいところに気づいたな。

フォルテも順調に相棒として成長しているようだった。

もろい足場のせいでメルリルが何度か転落しかけつつ、岩場を越える。

二度ほど蛇に出くわしたが、攻撃を受ける前に遠くへ放り投げて事なきを得る。

一匹はフォルテがキャッチして食った。うまかったか？

その日は大きな岩が支え合うように空間を作っている場所で、野営となった。

テントを張る必要がないので楽だ。

「ここから食事どき以外の水分補給は水成（みずなり）の実で行う。明日は一日分を体にぶら下げておくといい」

メルリルは水成の実と、そのツルをじっと見た。

「……うちでは、狩りのときに草を体に巻き付けたりするんですけど」

「うん？」

「昔、兄がつる草をぐるぐる体に巻いていたのを笑ったことがあって。まさか自分が同じようなことをするようになるなんて、想像していませんでした」

「それは擬態のためだな。そういう装備は馬鹿に出来ないんだぞ？　兄さんに心のなかで謝ってお
け。まぁ今回のは擬態じゃないが」

「ふふっ、はい」

死んだ兄さんの話を笑って出来るようになったか。いい傾向だ。

俺たち生者は、死者を一緒に先へと連れて行く役割も持っている。

俺たちが忘れなければ、彼らは消え去ることはないからな。

その夜は、メルリルが見張りを交代して行うと言い出した。

今はメルリルの結界のおかげでほぼ危険は避けられている。だからこそ、こういう状態のときに
経験しておくべきかもしれない。

とは言え、野外で俺が完全に眠ることはないんだけどな。

「じゃあ、一番キツイ深夜から明け方の見張りをやってみるか？」

「はい！」

「ピッ！」

「お前もやるのか……」

フォルテもやる気だった。大丈夫か？

案の定というか、仕方ないというか、その日の深夜にメルリルとフォルテを起こしたが、一瞬だ
け目を覚ましてすぐに寝てしまった。

心を鬼にしてさらに起こしたんだが、全く起きない。

恐るべき眠りの深さだ。ちょっと冒険者としての適性が不安になる。

いつでもメルリルの結界が使えればいいんだが、洞窟の内部とか屋内の場合は使えないらしいからな。それに、結界があっても無駄な相手もいる。

いきなり深夜から明け方までをやらせようとしたのがマズかった。まずは順当に、簡単な最初の見張り番からやらせるべきだったな。

夜が明けると、メルリルが悲しそうに「どうして起こしてくれなかったんですか？」と聞くので、正直に起きなかったことを伝える。

彼女はすごく落ち込んだ。

最初はみんなそうだと伝えたが、あまり気持ちを持ち直させる役には立ってないようだ。

そんな雰囲気で黙々と進む内に、とうとう海が見えた。

「これが……海」

メルリルが感慨深げにつぶやく。

俺たち大陸西部の人間は、そのほとんどが海を知らない。

人間が住んでいる平野と海との間全てに、深い森が横たわっているからだ。

大陸西部で海を見たことがあるのは、俺たちのような冒険者か、学者先生のような探究心にあふれた人間ぐらいだろう。

一方で、メルリルの住んでいた南部の森はそう深くないが、また別の問題がある。

森人の森から南へ大陸の端を目指すと、まるでえぐり取ったような崖となっているのだ。

危険なので一般人は近づかない。

そして噴火した熱の山を境に、中央から東側の南部に、長い砂浜が続くと聞いたことがある。

この地形の違いが大陸西部と東部の文化を決定的に違うものにした、と、学者先生が言っていた。

大陸東部は海運が盛んで、流通は海を中心として成り立っているらしいのだ。

そして東部には西部ではほとんど見ない水棲人が多いと言う。

あまりにも文化が違いすぎて、西部国家と東部国家はお互いを野蛮人と呼び合っているとのことだった。

俺からしてみれば、それだけ文化が違うなら、お互い得るものも多いはずだから仲良く付き合えばいいんじゃないかと思うんだが……。偉い連中はプライドが高いからな。

「海には果てがないって聞いたことがあります」

「どうかな、まだ俺は確かめたことがないし、果てがないという証拠も知らない」

「ダスターは現実的なんですね」

「いや、冒険者の性分さ。自分の目で見ないと納得出来ないんだ」

遠くの海に乗り出すには、家のような大きさの船が必要だと聞いたことがある。

家のような大きさの船が水に浮くのか？　バランスが取れないだろ。もはやそれだけで信じられない気持ちだ。

だがまぁ、見るまでは本当かどうかはわからない。信じる信じないという気持ちは現実の前には無力だ。だから冒険者は常にフラットな精神でものごとに対処するのがいい。

西部にもわずかながら船はある。

いくつか国をまたいで流れる大きな川があるし、北の大聖堂周辺なら海岸があって、大きな港が造られているのだ。

そのため、北ではその港を使って東部の国々と交流があるらしい。

実際俺もその港を見たことはあるが、訪れている船に遠くまで行けるような大きいものはなかった。

なんでも沿岸部をぐるっと回って来るので、底の深い船は使えないとか言っていたな。

俺たちが今いる場所は、大森林の中央部分のやや南を西の端まで抜けた海岸になる。

ここから南に行くと、かつて白いドラゴンと遭遇した、竜の砂浴び場があるはずだ。

はっきり見えないが、海岸沿いの奥でキラキラと光っているところが、おそらくそうだろう。

そして右手側に悠々とそびえる天牙のごとき山脈こそ、竜の棲まう地、竜の営巣地だ。

今いる場所からでは、登るとっかかりさえ掴めない、天を突く岩肌、いや、竜結晶のかたまりが行手を阻んでいた。

この竜結晶のかたまりは、俺の断絶の剣ですら断ち切るイメージが持てない硬度を誇る。

そんな竜結晶が嵐で崩れて湖に流れ込んだのが迷宮化の原因とされている訳だが、竜結晶を崩す嵐ってヤバすぎないか？

「ダスター、海岸にはここから降ります？」

竜の営巣地の端の威容（いよう）に気を取られている俺とは違い、早々に現実に立ち返ったらしいメルリルが、海岸に降りる経路を確認して来た。

いかんな。今やることに集中しなければ。

「そこは少し下から足場がなくなる。もうちょっと左の、草が生えているところを使おう。草が根を張っているから崩れにくくなっているはずだ」

「確かに。むう、草木のことでダスターに教わるのはちょっと悔しい」

「あはは、その調子だメルリル。悔しいと思うのは大切なことだぞ。俺なんか足元にも及ばないような冒険者になればいい」

「う～ん、そこまでは」

「いきなり弱気になるな」

二人で用心深く岩場を下りて、海岸に到着する。

海岸と言っても砂浜の部分は少ししかない。

大陸西部は海岸が狭い。海のなかも岩場になっていることが多く、急に落ち込んでいるところがあれば、岩が突き出ているところもあったりと、なかなか複雑な地形となっていた。

そんな地形のせいで、海と陸地の間にある砂浜や岩場はひどく狭い。

「ここから海岸部分を北上する。海側に危険な魔物がいる場合もあるからあまり海に近づかないほうがいい。陸側は崖になっている分、そういう意味では安全だ。海に影を落とさなければまず気づかれることはないとは思うが」

「はい」

「後は空からの襲撃に注意すること。ドラゴンは基本的には人間に積極的に絡んだりしないが、なかにはちょっと気に入らないからと踏み潰すようなのもいる。あと、狩りをする鳥もいるしな」

「はい」

「じゃあ、小休止の後北上する、ぞ……」

「ピュ！」

「ん？」

「あ！」

俺から離れて飛んでいたフォルテが、突然海に突っ込んだ。

海中から飛び出したときには、足に巨大な魚を引っ掛けていた。

どうやら勝手に狩りを行ったらしい。

「お前！　俺の話を聞いていたか？」

叱り飛ばした直後、海面の一部が不自然に盛り上がる。

「ダスター！」

「ヤバい！　走れ！」

ゴバン！　と轟くような水音を立てて、丸く巨大な何かが浮上した。

ひゅん！　という空気を切り裂く音が響き、フォルテに向かって何か巨大で長いものが高速で迫る。

「フォルテ、魚を離せ！」

「ギャア！」

フォルテが大慌てで魚を足から離すと、巨大な何かはそれを追うように動き、ビシッと巻き付く。

そしてそのままザバン！　と、巨大な水柱を立てながら海中に没した。

同時に、あの丸い巨大なものも見えなくなる。

……海、ヤバいな。

海に近づいた早々にとんでもない目に遭ったが、とりあえず安全を確保して休憩することにした。

「フォルテ、なんであんな真似をした？」

「ピュ、ピュイ……」

「食い意地かよ」

どうやらフォルテは、初めて見た魚がデカくてうまそうだったから獲ったらしい。

「言っておくが、俺は海の魚の料理なんぞ知らんからな。あんなデカい魚、持て余すだけだぞ」

「キュウ……」

「それにしてもアレ、大きくてなんだかわからないものでしたね」

「ああ、海の生き物はデカくなるという話はどうやら本当だったらしいな。あれはどうも通常の生き物で魔物ではないようだったし」

「えっ！　あれが普通の生き物なんですか？」

「ああ、魔力がほとんど感じられなかった」

「……海って怖いですね」

しみじみとメルリルが言った。

「海の魔物については噂でしか知らないが、この大陸ほどある魔物がいるとか、デカい魔物の背に住んで海を旅している部族がいるとか、到底本当とは思えない話ばかり聞くからな」

「おとぎ話みたいですね」

「森人にもそんなおとぎ話があるんだ」

「ええ、白い月の夜に森全てを覆う体のない魔物が降りて来て、全ての生き物を石に変える話とか」

「……そんな話を寝物語に子どもに聞かせるのか？」

「はい。あの火喰いの魔物の話もありますよ。森を焼き尽くし、その火を食べながら移動する火喰いの魔物の通った後には灰だけが残るけれど、次の年には一斉に緑が芽吹くとか」

「怖い話なのかいい話なのかわからんな」

「私たちは、滅びと再生は双子の姉妹と習いますから。決して離れずに常に手をつないでやって来ると」

「なるほど。教会の教手(おしえて)さまは生命は善きもの、それを滅ぼそうとするものは悪しきものと教えていたな。俺は森人の教えのほうが好きだぞ」

「ありがとうございます」

しばしの休憩を終えると、俺たちは改めて今後の方針を話し合った。

「海沿いに北上することは決めた通りだが、もし二日目までに川が見つからなかったら引き返そう」

「でもドラゴンに伝言を届ける必要があるんでしょう？」

「別に期限は決められてないからな。そもそもが一方的な依頼だし、基本的な裁量権はこっちが持ってなきゃ、やってられん」

「そうですね。命がけでやるようなことじゃない気がします」

「ピュピュイ」

「お前はあの青いドラゴンの分身みたいなもんだろうに、俺の言う通りでいいのか？」

「ピィ！　キュウ、チッチッ、ピィ！」

「うん？　青いドラゴンなんか知らないと？　いやいやそんな訳ないだろ」

フォルテは自分は俺の相棒であり、青いドラゴンは関係ないと主張していた。

どうも未だにフォルテの存在の立ち位置がよくわからない。

ときどき、まるでフォルテが自分の体の一部ででもあるかのような錯覚を持つことがある。

あまりにも一緒にいることに馴染みすぎた結果なのだろうが、もし伝言を伝え終えたらフォルテが消え去る運命だとしたらと思うと、胸がざわつくのだ。

この役目を果たすことにあまり気が乗らないのも、その辺が引っ掛かっているのかもしれない。

勇者パーティの聖女が、盟約は命に刻まれるものだと言っていたが、それが本当ならフォルテは今後も俺と共に在るということになる。

出来ればその辺をはっきりさせておきたい。

「フォルテ、お前は自分の存在をどのぐらい理解しているんだ？」

「クルルルル……我はダスターの相棒、それだけ」

久々にフォルテがしゃべった。

そして鳴き声でも、ずっと共にいるという主張をしている。

「そうか、わかった。パーティメンバーの言葉を信じることにするよ」

「わ、私もずっと一緒です！」

なぜかメルリルが自己主張を始めた。

「いや、メルリルはずっとはまずいだろ。もしパーティよりもずっと大切な相手が出来たら……」

「ダスター！」

「うっ、ぐっ」

つい、いつかメルリルは俺から離れるかもしれないということを言おうとしたら、強く睨まれる。

そしてその目に涙が浮かんでいるのを見て、俺は自分の言葉を後悔した。

「悪い、悪かった。わかっているつもりなんだが、どうも、気が引けてしまってな」

メルリルは美しい。

平野人とは違う部分も同じ部分も、そしてその心根すら。

人より優れたところがある訳じゃない俺にとって、彼女の存在はあまりにも美しすぎて、手を触れることが恐ろしいのだ。

メルリルの好意はわかっている。

だが、その手を取ってしまって本当に大丈夫なのか？　メルリルが間違いだったと気づいたときに、俺はその手を離してやれるのか？

そんなことを考えてしまう。

「ダスターは勇敢な人ですけど、臆病です。でもそういうところも好きです」

「お、おう」

あ、ヤバい。女性に、先に好きと言わせてしまったぞ。

いや、今さらか。メルリルはずっと、俺に対してそう主張していた。

「お、俺もメルリルが好きだ、ぞ」

うおっ、舌を噛みそうになった。

しっかりしろ。

「うれしいです！」

メルリルがパッと笑顔になる。うん、その顔に弱いんだよな。

「ピュイ」

フォルテが何を今さら、と首をかしげている。

ちゃんと言葉で告げることが大事な場合もあるのさ。特に俺の場合、信用がないからな。

「うん、まぁその話は街に戻ってからじっくりやろう。とりあえず今は先へ進むぞ」

「はい！」

「ピッ！」

先が尖って手槍としても使える組み立て式の杖を持ち、砂浜を刺してさぐりながら進む。

こういう砂場には、ときどき長虫（ワーム）が潜んでいるから、注意が必要なのだ。

メルリルは教えた通り、俺の足跡を踏んでゆっくりとついて来る。

フォルテは海に影を落とさないようにしながら上空から周囲を警戒していた。

そう言えば、今貴族の間で流行っていて、舞台劇にもなった評判の物語の一節にこんな言葉があったな。『人生は全ての人に用意された冒険である』と。

冒険者になっていろいろと危ないこともあったが、メルリルとの関係以上に焦ったことってあったかな？　本当に人生何が起こるかわからないものだ。

海岸回りは思った以上に単調だった。

狭い砂浜を一列になってひたすら歩く。

ときどき岩場になるので、そこを乗り越える。

海側からは波が押し寄せるザバンザバンという音が途切れることなく聞こえていた。

単調さは集中力を奪う。

その対策に、俺は短時間で何度も休憩を入れた。

陸側にある竜の営巣地に続く崖、その反対側は不気味にうねる海。

多少は変化があるが、植物もほとんどない道のりは色味も単調で、歩いて来た距離さえ曖昧になる。

休憩の間には積極的に会話を交わすようにした。

メルリルが極度に緊張してしまっているのでそれをほぐす意味もある。

「そう言えば、なぜ歌や笛、あと踊り？　なんだ」

「え？　あ、精霊に呼びかける方法ですか？」

「そう」

「精霊(メイス)には人の言葉は届きにくいんです。なぜか歌や音楽、舞踏だと伝わるというか、受け取ってくれるというか」

「なるほど」

ちらりと空にいるフォルテを見る。

敏感に察知したフォルテは何？　というように羽をバッサバッサさせて下りて来た。

休憩中だから見張りは大丈夫だぞ。メルリルがさっき風に結界を頼んでくれたしな。

「フォルテも人の言葉はあまり好きじゃないっぽいし、メルリルの笛に応えていたな」

干した果物をやると、フォルテは喜んで食った。

なんでも食うな、お前。

「そうですね。フォルテは精霊(メイス)に近い存在なんだと思います。肉体を持つ精霊(メイス)みたいな」

「正直、ドラゴンについては人間はほとんど何も知らないに等しい。色によって気性の違いがあることは知られているが、それもあの青いドラゴンとの出会いで怪しくなったしな」

「私もドラゴンに青いものがいるという話は聞いたことがないです。やっぱり変異種なんじゃ」

「そう思うが、あまり先入観を持つのも怖い。相手が強大すぎて対策の欠片もないが、考えるのをやめたらそこで終わりだ」

「ダスターはすごいです」

「いや、今の話に、すごい要素は全然ないよな」

最近メルリルが、俺を持ち上げすぎのような気がする。

そういう、目が曇った状態はよくない。熱に浮かされた状態で恋と思い込んでいて、後から後悔することになるのでは、と不安になる。

心配しすぎなのかもしれないが、釣り合いが取れなさすぎると、人は不安になるものだ。

「すごいですよ。だって、普通ドラゴン相手になんとかしようとか考える人はいません。いたら頭がおかしいと思われるのが普通です」

「あー、うん、そうだな」

「あ、いえ、そうじゃなくって」

確かに頭がおかしいよな、と思わず頭を掻く俺に、メルリルは慌てたように言葉を続けた。

「ダスターはドラゴンに人が及ばないことを知っていて、それでも、何か攻略の糸口がないかと考え続けている。ずっとそうです。私が悩んだことも苦しんだことも、それを解決する方法を必ず見つけてくれました。見つけるまで諦めないですよね。そういうところがすごいと思うんです」

「……そっか、そうかもな。俺の師匠、変わり者の森人だったって言ったっけ？　その師匠がな、何年か修行した後に俺には全然剣の才能がない、駄目だって言って……」

「ひどいです！」

なぜかメルリルが怒り出す。

同時にフォルテが、干しイチジクを咥えながら、バッサバッサと怒りをあらわにした。

うん、食ってるから鳴き声も出せないんだな。

「いや、ひどくなくてさ、俺も痛感していたんだ。だけど、一つだけ、俺にも取り柄があるって言ってくれて、それが『諦めの悪さ』だった」

俺は師匠を思い浮かべながら、ふと笑った。

「師匠は、『お前ほど諦めの悪い奴なら、もしかしたら凡人でも一つの技だけなら極めることが出来るかもしれんぞ』って言って、手ほどきしてくれたのが今の俺の拠り所でもある剣の技、断絶の剣なんだ」

「あの、大蜘蛛を真っ二つにした」

「そうそれ。だから諦めの悪さは俺の自慢なのさ。ギルドでつけられた渾名の『辻褄合わせのダスター』ってのも、それなりに悪くないかなってな」

「やっぱりみんな認めているんですよ」

メルリルはそう言うが、実のところ、この渾名を聞いた人間の第一印象は、「ごまかしの上手い奴」だ。

実情を知っているギルドの連中は面白がって呼んでいるが、外では侮られることもある。

ただ、冒険者ってのは他人に覚えてもらうためにあえて悪名を名乗る奴も多くいるんで、通り名として知られる頃にはある程度の信頼を得るようになったが。

「よし、そろそろ行くか」

「はい」

「ピュイ」

単調ではあるが、危険は思ったより少なかった。

海の怪物に出遭ったのも最初のときだけだったし、今にして思えば、最初に危険を肌身に感じたからこそ全員がより注意深く進めたのだろう。

そして二日目の昼、俺たちは河口とそこに続く崖の切れ目となる谷間を発見した。

「あったな」

「ありましたね」

河口から谷間へ分け入ってみると、川の水がほんのり輝いていた。

もしかして、竜結晶が溶け込んでいるのではないだろうか？

ということは、迷宮化した湖と同じ。飲み水として利用できないよな。

それはつまり、あまり深くまで行くのは無理だということを意味している。

いろいろと考えながら河口を少し遡(さかのぼ)ると、そこはまるで水晶の森のような様相を呈していた。

竜結晶が川の周りに伸びて、さまざまな形で固まり、陽の光を乱反射してやたら眩(まぶ)しい。

周囲がよく見えない。こんな場所で視覚があてにならないというのは危険すぎる。

「ううむ、困ったな」

「眩しくてよく見えませんね」

「風の精霊で周囲を探ることは出来るか？」

「出来ますけど、目標がないとうまく情報として取得出来ないかもしれません」

「フォルテはどうだ？」

「ピッ！」

元気よく応えたフォルテは音もなく舞い上がると、周囲の光を自分の青い光で塗り潰す。

フォルテの魔力の光のほうが強いのだ。

「きれいだけど目が痛い」

「無理に見ようとするな、メルリルには風のサポートがあるんだからそっちに集中してくれ」

「はい」

俺は手で目の上にひさしを作ると、その影の部分から少しずつ周囲を窺う。

『イル！　クル！』

フォルテからの声ではない何かが、頭のなかに直接警告のようなものとして届いた。

「メルリル伏せろ！」

俺はメルリルを抱え込むと、竜結晶が重なり合って影を作っているところに身を伏せる。

ゴウウウと恐ろしいような音を立てて風が渦巻く。

「っ！　風が悲鳴を上げています。暴力的な力が場を乱して……」

「ああ、わかっている。おでましのようだ」

頭上に重さを感じさせる影が掛かる。光を乱反射していた竜結晶が一斉に沈黙して色が消え去る。

まるで影絵の世界にいるような静寂が訪れた。

「ココデハナイ、ドコカノ同胞ヨ、ナニヨウカ？」

攻撃的ではないのに圧倒的な威圧。

ああ、覚えているとも、これこそが紛（まぎ）れもないドラゴンの威（い）だ。

ともすれば萎（な）えてしまいそうな心を奮い立たせる。

よかったじゃないか、あっちから来てくれたんなら、早々に用件を済ませることが出来そうだ。

そう、地に伏せてしまいそうになりながらも歯を食いしばって考えた。

「フム、同胞ノ使イ魔カ？　ナニヨウダ」

遭遇したドラゴンは白。

二重の意味で運がいい。

白のドラゴンは攻撃的ではなく、さらに用事がある相手も同じ白のドラゴンだ。

もしかすると同族、いや、ひょっとすると家族かもしれない。

このドラゴンは、以前、砂浴び場で会ったドラゴンよりも雰囲気が重い。

人間で言えば砂浴び場のドラゴンが若者で、このドラゴンはある程度年を経た大人という感じだ。

「キュウ……」

あ、フォルテが困っている。

そうか、依頼を受けたのは俺だから、伝言は俺が伝える必要があるってことだな。

「横あいから失礼ですが、その子の仲間でダスターと申します。俺から説明させていただいてもよろしいですか？」

白いドラゴンは俺の言葉に少し驚いた風だった。

あれはきっと、足元の虫がいきなりしゃべったことに驚いたって感じだろうな。

「ホウ、人ノ子カ。……シバシ待テ、調整ヲシヨウ……どうだ？」

ふいに、周囲を包んでいた威圧が消えた。

隣で震えていたメルリルの体のこわばりが解ける。

同時に、頭のなかにガンガンと鳴り響いていたドラゴンの意思が失せ、どこから声が出ているか謎だが、人の、壮年の男のような声が聞こえて来た。

「あ、ありがとうございます」

ヤバい。このドラゴン、そうとう長生きしているぞ。

会話するために自分の持つ力を抑え、言葉も人間にぴったり合わせて来るということは、以前から人間を知っているということでもある。

問題はどういう付き合いだったかだが、まぁ今はそれはどうでもいいか。

「それで、我が同胞と盟約を結びし者よ。何用だ？」

「はい。実はここより南のほうにある火山の麓で、青いドラゴンに伝言を頼まれました」

「青？　ふむ、なるほど蒼天が生まれていたか。して、伝言とは？」

気になる言葉があったが、ここは伝言を優先することにする。

「はい。俺たちが以前出会った白いドラゴンとお会いしたいとのことでした」

「む？　そなた、以前に我らの同胞との縁があったか。うむ、なるほど、微かだが確かに痕跡はある。よくもまぁこのような些細な痕跡を見つけたものだな」

「あ、それは別の者たちがもっと強く影響を受けていまして、そちらに惹かれてやって来られたようです」

「それはまたおかしな理屈だな。ならばそのより強き縁を持つ者に頼むのが筋だろう。それともその者には断られたか？」

「いえ、その者にはすでに別の盟約があり、盟約が重なると危険だと言われて」

「おお、相わかった。なるほど神の盟約者か。面白いな」

何がどう面白いのかわからないが、とりあえず早く用件を済ませよう。

と言うか、このドラゴン、何気に俺の話してないことを読み取っているよな。

威圧感は失せたが、別の意味で恐ろしさが沸き上がって来る。

俺はなんとか怖気づきそうな自分を奮い立たせて話を続けた。

「それで、あの……」

「そなたらが会ったという相手を探したいということだろうが、少々まずいな」

「えっ」

「話の流れからして、その者は女性であろう。女性に対していつごろ砂浴びを行ったか、と尋ねるのは失礼にあたる。下手をすると会う会わない以前に怒らせてしまうかもしれぬぞ」

「失礼……ですか」

「うむ。その影響を強く受けた神の盟約者を伴っておれば、すぐにもわかっただろうが」

砂浴びをしていた時期を聞くのが失礼？

もしかして、ドラゴン的には砂浴びは風呂にあたるのか。

とすると、女性にいつごろ風呂に入ったのかを尋ねることになる訳か。

人間とは事情が違うんだろうけど、確かにあまり礼儀的によくないような気もするな。

とは言え、勇者たちを伴って訪れるという選択肢は存在しない。

「ああ、ええっと、それなら食事の話をして、ドラゴンフルーツを……、こちらの土地だけで採れる果物をいただきました。そのことを聞けばいいのではないでしょうか」

「ほう、人間と会話をして果物を与えたとな。ふむ、それだけで、だいたい誰のことかはわかった。承知した。伝えておこう」

「ありがとうございます」

終わった。恐ろしいほど重い肩の荷をおろした気分だ。

「返事を持ち帰る必要はないぞ。ご苦労だったな。そうだ、我らの習わしのせいでいらぬ気苦労をかけたのだ。せめて報酬として、我らの鱗（うろこ）でも持って帰るがいい」

「あ、ありがたいお話ですが、まだこれから戻りの道のりがありますので、大きなものを受け取ることは……」

欲しい。冒険者で、ドラゴンの素材が欲しくない者はいないだろう。

しかし冷静に考えたときに、あの巨大な鱗を持って、帰りの道程を無事に戻れるとは思えない。

なにしろ今回はメルリルがいる。彼女を危険に晒（さら）すような真似は出来ない。

「堅実だな。ならば重さを消してやろう。それなら問題あるまい。多少は引っかかりやすいかもしれぬがな」

「……助かります」

え、今このドラゴンなんと言った？

重さを消す？　最強の硬度を持つドラゴンの鱗の重さを消す？

装備していることを感じさせない、最強の鎧が作れてしまうぞ。大丈夫か？

俺はやや混乱しながらも、さすがに断る訳にはいかないので、ありがたくいただくことにした。

キラキラと不思議な白銀の輝きを帯びた透き通る水晶のような鱗は、確かに重さがなかったが、かなりかさばった。

無造作にひとつかみ渡されたが、メルリルと手分けしても、ぎりぎり五枚持つのが精一杯だ。

それ以上積み上げたら、途中の崖などに引っ掛かって身動きが取れなくなってしまうだろう。

「そなた、欲がないな」

「いえ、欲はあるのですが、ものごとには限界がありますから」

白いドラゴンがゆっくりと尾を振るのが見える。

「蒼天が生まれ、人と縁を結ぶ。これも運命かもしれぬな。人の子よ、一つ話を聞いておくがよい」

「はい？」

荷造りを終えた俺たちに、白いドラゴンは語りかけた。

その硬質な青銀の目を思わず見返してしまったが、果てのない力の渦のようなものを感じて慌てて目を逸らす。

危ない、意識が飛ぶところだった。

「人は我らについて、どの程度のことを知っている？」

「えっ、そうですね。四色のドラゴンがいて、色ごとに性質の違いがあることぐらいでしょうか」

「ふむ。実はな、我らの色の違いは本来の性質の分化なのだ。我らは種としての性質を四つに分化している」

「分化、ですか？」

よくわからない。

「我ら白珠（はくじゅ）が知恵。緑樹（りょくじゅ）が癒やし、黒呪（こくじゅ）が狂気、炎獣（えんじゅう）が本能を、それぞれ司（つかさど）っているのだ」

「なるほど」

色の違いと性質の違いを考えれば、この白いドラゴンの説明は俺たちの知識と当てはまる。

しかしなんでわざわざ、狂気や本能を司るものが必要なんだ？

「そなたは疑問に思っているが、不思議なことではないぞ。生き物は全てそれらの性質を多かれ少なかれ持ち合わせている。そなたのなかにもあるはずだ。どれが強いかは別としてな」

「それは個体が持つ本質を全体で分けて、種族ごとに受け持っているということですか？」

「そういうことだ」

それはどう考えても危険で、メリットのないことのように思える。

いや、ドラゴンのことを人間に当てはめて考えるのは間違っているのだろうか。

ふと、思い浮かんだのは群体という生き物だ。

学者先生が以前言っていたが、一つの生き物のように見えて、実は役割の違う個体が群れ集っているという不思議な生き物が存在するらしい。

「なかなか面白い知識を持っているな。確かにそれに似ているかもしれぬ」

おおう、また読まれた。

「それでだな。我らに通常、蒼天の役割を持つ者は存在しない。だが、蒼天はときに産まれることがある。それは、大きな変化が起こる時期だ」

「大きな、変化」

「うむ。心せよ、人の子よ。蒼天に縁を結びしは、決して意味なきことではないぞ」

どこから聞こえているのかわからない声は、荘厳でありながら、同時にどこか面白がっているような響きを帯びていた。

「面倒はごめんだ」

俺は思わずそう口にした。

冒険者稼業もそろそろ引退と思った頃合いで、いろいろことが起こりすぎる。

こっちはもう若くないんだ、いい加減にしてくれ。

「面倒などはない。ただやるべきことがあるだけだ」

白いドラゴンはしれっとそんなことを言った。

と、ふいにドラゴンが首をもたげ、何かを確認するかのように目を閉じる。

なんだ？

「ふむ。そなたの言っておった神と盟約を結びし者が、どうやら向こう側に訪れておるようだ。そして黒呪と揉めておる。同胞の気配を身に纏っておるから黒呪の狂気もまだ抑えられておるが、さて、いつまで持つことやら」

「えっ？」

俺はとっさに何を言われているのか理解不能となった。

神の盟約者？　黒呪？

「あ、勇者たちか！」

「ふむ、そう。勇者と呼ぶのであったな。勇気ある者。なるほど、確かに勇者と呼ばれる者は愚かな程に勇気がある者ばかりのようだ」

勇者よ、ドラゴンに愚かとか言われているぞ。

いや、どうでもいいことを考えるのはやめよう。

何がどうしてそんなことになっているんだ？　それを知らなければ。

「すまない。その勇者は俺と縁ある者だ。助けることは出来るか？」

「さて、助けが必要かどうか。どうやら聞くべきこともあるようだし、我は行くが、そなたらも来るか？」

「申し訳ないが頼めるだろうか」

「ことのついでよ。ただし、当てられぬようにしておくがいい。その娘、精霊術士であろう？　風で衣を作って我が背に乗れ」

「えっ！」

突然のご指名に、メルリルが悲鳴のような声を上げた。

ドラゴンが威を抑えてくれたからなんとか気を失わずに済んでいるが、メルリルは限界に近い。

「キュウキュッ！」

「ほうほう、なるほど」

フォルテがそんなメルリルを気遣ってか、自ら名乗りを上げた。

自分が全員の周囲に防壁を巡らせてドラゴンの気を防ぐとのことだった。

そんなこと出来るのか？　お前。

白のドラゴンは納得しているようだが。

「ならば、来い。同胞と縁ありし者たち。この世はバラバラに動いているように見えて全てが繋がっているものだ。事象を解き明かしたくば、自ら動くのがよい」

白いドラゴンはその長い尾を俺たちの前に動かした。

そこから自分の背に登れと言いたいのだろう。

しかし、近づくだけでまるで熱のない炎に炙られているように、体がビリビリと痺れ、肉体の力が萎え果てて行く感覚がある。

「キュッ！」

と、フォルテが俺の頭に着地して、何やら頭上から降り注ぐように魔力を操った。

「お、楽になった」

「あ、ほんとう。やっとちゃんと呼吸が出来ます」

メルリルは息をするのもきつかったようだ。気づかなくてすまん。

「ありがとうフォルテ」

俺とメルリルからのお礼に、フォルテが頭上でバサバサと羽ばたきをして応じる。

「急ぐがよい。どうやら黒呪の狂気が始まったようだぞ」

「わかりました」

俺たちは急いで白いドラゴンの背に登った。

まるで竜結晶の岩場を登っているかのようで、あまり足場がよくないが、それでもなんとか体を落ち着かせる場所を見つける。

俺たちが無事に収まったのを見ていたかのように、白のドラゴンはふわりと浮いた。

空を滑空する際の風の強さに身構えたが、風は全く起こらない。

フォルテの防壁のおかげではなく、そもそもドラゴンが風を巻き起こさなかったのだ。

飛んだと思ったら、すでに場所が移っていた。

あまりの切り替わりの速さに認識が追いつかず、くらりとめまいを感じる。

今の移動は決して空間を飛び越えたのではない。確かに通常の空間を飛んで移動したのだ。

だが、風を寄り付かせず、しかもあまりにも速かったせいで、まるで異なる地点にいきなり出現したような感覚があった。

いや、今はそんなことに驚いている場合ではない。

下を見ると、眼下に巨大な黒いかたまりが見えた。

まるであの火山にあった溶けた岩のかたまりのようにも見えるそれが、まさしく黒いドラゴンらしい。

以前会った若い白のドラゴンにも、依頼を押し付けた青いドラゴンにも、そして今俺たちが背に乗る白いドラゴンにも全く似ていない。

ねじれた黒い岩を組み上げて作られた、言うなれば悪夢のなかのドラゴンのようだった。

「あれが、黒呪、黒いドラゴン……」

黒のドラゴンは、実は人間の歴史にはほとんど姿を現さない。

竜結晶やドラゴン素材を狙った冒険者がいても、遭遇して命を落としたり、かろうじて生きて逃げ延びたが、その後廃人と成り果ててしまったりという状態ばかり。与太話のように、その存在が囁かれていただけなのだ。

黒いドラゴンは危険であるということだけが、絶対の真実として冒険者の間に伝わっている。

『ホロビヨ、ウスギタナイケモノドモ。我ラガ地ニ足ヲフミイレシコトヲ、後悔スルガイイ』

狂気と言うには明瞭な意思がそこにあった。人に対する完全な拒絶や憎しみだ。

否定の意思それ自体が体を殴りつけ、そのまま血反吐を吐いてくずおれそうな暴力となっていた。

「キャアアア！」

メルリルがまるで断末魔のような悲鳴を上げる。まずい、あの悪意をもろに浴びたな。

「メルリル、あの声を聞くな！　フォルテ！」

「ピャァアアア！」

俺の言葉を受けて、フォルテが青く燃えるように輝いた。

青い光の花が開くように、俺たちの周囲にフォルテの力が渦を巻き、メルリルがハッとしたように我に返る。俺もようやく呼吸が出来た。

「メルリル、大丈夫か？」

「あ、はい。ごめんなさい」

「いや、謝るようなことじゃない。あれに耐えられただけたいしたものだ」

急いで周囲の現状を確認する。

悪夢のような黒いドラゴンの向こうに、黄金の光が見えた。

うそだろ、本当に勇者たちだ。なんでここにいるんだ？

なんだかんだ言ってもさすがと言うべきか、勇者は剣を構えて黒いドラゴンと対峙している。

よくもまぁ、あんな化け物と戦おうという気になるな。

その後ろで聖女が膝をついて、胸に手を当ててうずくまっていた。

あれはただ倒れているのではなく、何か魔法を発現しているのだろう。

問題は剣聖とモンクだ。

二人は勇者と聖女の後ろでまるで地面に貼り付けられたかのように横たわっている。

ちょ、冗談じゃないぞ。まさか……死んでない、よな？

胸に恐怖と、そして同時に怒りが押し寄せる。

無謀に死ぬことなど、お前たちのするべきことじゃないだろ！　何やっているんだ？

「そう怒るな。どうやら勇者は我らに盟約違反を問いに来たようだ」

「盟約違反……だと？」

白いドラゴンの言葉に俺は首をかしげた。

「うむ、我らと神との間の盟約の話よ」

どうやら、勇者は勇者でドラゴンに用事があったらしい。

俺たちが黒いドラゴンと勇者たちを眼下に確認したときだった。

勇者と睨み合っていた黒いドラゴンが唐突に左腕を振り上げた。

その巨大な腕は、明らかに勇者を狙っている。

そしてその腕に集められた魔力の濃さは、絶望的なものだった。

ドラゴンを見上げる聖女の顔が真っ青になったのがわかる。おそらくその攻撃に結界が持たないことを直感で理解したのだろう。

一方で勇者は厳しい表情ながら、それを真正面から受けるつもりのようだった。馬鹿か？

その場面を見た瞬間、俺のなかにどうしようもない憤り（いきどお）がこみ上げてきた。

お前、真の勇者になるんじゃなかったのか？　勇気と蛮勇は違うぞ！

言葉にすればそんな風だったのかもしれないが、そのときはただひたすら膨れ上がる強い衝動に背中を押されるがままに、行動していた。

気がついたら、俺は白いドラゴンの背から飛び降りていた。

そして斬れるイメージのないままに、振るわれようとしていたドラゴンの腕に愛刀の断ち切りをしゃにむに叩きつけていたのだ。

ガキン！　と、鈍い音がして、剣が真二つに折れた。

十年ぐらいか、随分長いこと付き合った剣だ。

分厚くて重い。デカいナタか包丁のような剣と、何度他の冒険者に笑われただろう。

最近は刀身も薄くなっていたが、俺と一緒に引退するんだから、今さら他の剣を新調することもないだろうとそのまま使っていた。

最後の相手がドラゴンだったなんて、剣としては本望だったんじゃねえか？　なぁ相棒。

剣は折れたが、ドラゴンに傷を付けることは出来なかった。

だが、気を引くことは出来たようだ。

勇者に向けて振り下ろされていた腕は途中で止まり、俺を払うように腕が動く。

それを躱(かわ)して、勇者の前に降り立った。

「師匠！　すげえ、かっこいい！」

「お前、今最初に言うことがそれか？」

頭が痛い。

「だって師匠、羽！　すげえ！　どうしたんだそれ？」

羽？

ふと、背後を意識すると、青く硬質な翼があった。

うおっ！　なんだこれ？

そう言えば、遥(はる)か彼方(かなた)の白いドラゴンの背から飛び降りて全く衝撃がなかった。

ふと、俺のなかに何かを感じた。

胸のあたり？　いや、どこか深いところに、青い炎のような光がある。

「フォルテ、か？」

光がチカチカと瞬いたように感じた。

自分自身に咄嗟(とっさ)に受け入れがたいことが起こったとはいえ、今はそれについて深く考える場面ではない。

頭上を見ると、黒いドラゴンは首元に食らいついた白いドラゴンに抑えられている。

黒いドラゴンは不満そうにもがいているが、ダメージが入っている様子ではない。

そう言えばメルリルは？　俺たちを守っていたのはフォルテの障壁だったはず。

真っ青になって白のドラゴンの背中を探す。

「ダスター」

「お、おお、無事だったか。すまなかった」

「わ、私も、このぐらいは、出来ます」

俺が白のドラゴンに視線を向けた瞬間に、ふいに俺の隣にメルリルが姿を現した。

どうやら風に乗って移動して来たらしい。

それと同時に、ふうっと何かが抜けていく感じがして、フォルテが肩の上に姿を現す。

俺はほぼ無意識状態でその頭を撫でてやった。

ドラゴン同士でなにやら争っているのを見て、とりあえずそちらは任せておくことにする。

こっちはこっちの話をしておかなくては。俺は勇者に改めて向き合う。

「これはどういうことだアルフ！　いったいなんでこんなことになっている？」

「俺は勇者の役目を果たしに来ただけだ。師匠こそ、何がどうして天の御使いになっているんだ？」

「そんなものになった覚えはない。それよりも、お前、どういうことだ。なんでこんな無茶をした？」

「え、だから……」

「違う！　どうして仲間を守ろうとしない！」

俺が怒鳴ると、勇者はハッとしたように振り返る。

そこには意識を失って横たわる聖女と、涙と汚物にまみれながら、なんとか立ち上がろうともがく剣聖とモンクの姿があった。

「うっ」

勇者が低くうめく。

どうやらドラゴンとの対峙に集中しすぎて、背後のことを考えてもいなかったようだ。

「俺はな、仲間を大事にしない奴が一番嫌いだ。ましてや勇者がそんなざまでどうする！　嫌々勇者になったからと甘えているのか？　そんなことならもう勇者なんぞやめてしまえ！」

「っ……」

勇者はぐっと唇を噛んでうつむいた。

「お、おしょうさま……勇者さまを、責めないで」

聖女が細く、消え入りそうな声で勇者を庇う。

どうやら気を失っていたのはわずかな間だったらしい。

いつもの人見知りゆえではない、ようやく声を出している状態でたどたどしい言葉を紡いで勇者を庇った。

顔は真っ青で、息が細い。

「申し訳ありませんでした」

勇者が俺の顔を見て謝る。

いや、違うだろ？

「お前が謝るべきは仲間たちだろ。さっさと手を貸してやれ」

「はい」

勇者はまず聖女を助け起こし、魔力譲渡を行って力を回復させ、仲間たちの元へと聖女を伴って歩み寄り、それぞれに癒やしの力を使った。

勇者のひどく消沈した背中を見やりながら、ため息を吐く。

落ち込んでもやるべきことはきっちりとやるあたりが、こいつの生真面目さなんだろうな。

「そちらは収まったか？」

そんなことをやっている間に、ドラゴン側も話がまとまったらしい。

黒いドラゴンは一度俺を一瞥すると、威嚇するようにシューと息を吐き出したが、そのまま姿を消した。

飛んだのではなく姿を消したのだ。

まるで溶けるように消えたその後に、黒いドラゴンの残り香のような魔力のかたまりが周囲に吹き散らされた。押し寄せる瘴気のような魔力に思わず身を固くしたが、それが俺たちに到達する前に白いドラゴンが羽を振るって消し去る。

「こちらもやっと収まったところだ」

そうして、白いドラゴンは人間が肩をすくめるように羽を畳んでみせた。

「ありがとうございます。助かりました」

「別に助けた訳ではない。盟約の話はそもそも我ら白珠の司るところよ」

そう言えば、勇者が神との盟約がどうのとか言っていたか。

勇者たちを振り返ると、聖女が恩寵の力でその場に湧き出させた聖水を使って、仲間たちの顔を清めているところだった。

あれ便利だな。飲めるのかな？

仲間の手当てを終えると、勇者は改めて白いドラゴンに向き直った。

どうでもいいが、何かする度にチラチラ俺を見るのをやめろ。

ちょっとの間にすごく憔悴してる風の、哀しげな目で俺を見るな。

なんか主人に怒られてしょぼくれている犬のようだぞ。

こっちの用事はとりあえずは終わっているので、俺は勇者をこれ以上かまう気はなかった。

さっきだって思わず飛び出してしまっただけで、助けようとか思った訳じゃない。

そもそも俺が勇者を助けるとかおこがましいだろ。

だからこっちを見るな！

「相手が変わったようだがこっちの主張は変わらない。ドラゴンよ、我らはお前たちの盟約違反を問う！」

勇者は気持ちを切り替えたのか、胸を張って堂々と立つと、白いドラゴンに向かって偉そうにぶちかました。

すごいぞ、その胆力だけはさすがは勇者と言っていいだろう。

普通の人間ならドラゴンと向き合う時点で無理すぎるからな。

「ふむ、人の子の勇者よ。何をもって盟約を疑う？　ことによってはそなたこそが盟約を盾に使ったことを、その身を持って償うことになるぞ」

「はっ、ずいぶん流暢に話すじゃないか。先程のバカなトカゲとは違うようだな」

「そなたこそ大した胆力だ。だが、残念だな、本能は抑えられぬ、体が震えておるではないか？」

軽い会話での殴り合い。

まさかドラゴン相手にそこまで言えるとは、思った以上に勇者は大物だな。

「ならば今一度申し立てよう。神との盟約で、貴様らは世界を大きく変えることを禁じられているはずだ。だが、今回お前たちから漏れた魔力のせいで水が汚染され地上に大規模な迷宮が発生した。これは明らかな盟約違反ではないか？」

「ふ、何を言うかと思えば。我らが管理する魔力なら我らの起こした問題であろう。しかし、我らから離れた魔力までは、我らの知るところではない」

「それは無責任ではないか？　その理屈で言えば、お前たちから漏れた魔力で世界はすでに大きく変化してしまっているはず。それがないのは、これまで外に魔力が漏れないように管理していたのだろう！　自らの過ちを認めないつもりか？」

「なるほど屁理屈だな。で、それを人の子であるお前が何の資格があって問うのか？」

「俺は神の子である勇者だ。すなわち神の代理人である」

「クァハハハハ！」

白いドラゴンが笑った。決して好意的な笑いではない。

「自惚れるな人間よ！　勇者とは人と神の結びし盟約の代理人に過ぎない。神の代理人とはおこがましいわ！」

一喝。

それだけで全身の産毛が逆立ち、まるで体が凍りついたかのように身動きが出来なくなった。

勇者の体がふらりと揺れたかと思うと、ガシャンという音と共に倒れる。

「アルフ！」

勇者のパーティも、そしてメルリルも、怯えたようにうずくまっていて身動き一つ出来ない状態のようだ。

俺は駆け出して勇者の脈を確認した。

……生きている。目を見開いた表情のまま固まっているが、硬直しているだけのようだ。

「白のドラゴンよ。俺は神の盟約とやらについては知らないが、自分の家のすぐ横に迷宮が出来て平気なのか？」

俺の言葉に白いドラゴンは面白そうに応じた。

「近場で珍味が食えるようになったら、炎獣の連中などはさぞや喜ぶであろうな」

「魔物が珍味なんだ」

「我も嫌いではないぞ」

なるほど、ドラゴン側にしてみれば別に不便はないということだ。

まぁ人間側からしても、うまく管理が出来れば貴重な素材が採れるから悪いことばかりではない。

ん？　餌か。

「それなら、定期的に危険な魔物を間引いてくれないか？　さっきのやりとりからすると、地上に強力な迷宮が出来るのはそちらとしてもあまりいいことではないんだろう？　それに魔物がうまいなら、面倒なことではないはずだ」

「その交渉は悪くないぞ。だが我らは人の子の言葉には従わぬ。人の子だけではない。この世界の生き物と深く関わることこそが盟約違反よ」

ん？　何かおかしくないか？

「それはまるであなたたちがこの世界の者ではないと言っているようだが？」

「その通り。我らにとってはここは仮宿に過ぎぬ。ならばこそ、我らはこの地のものに大きく関わることが出来ぬのよ」

おいおいマジか。ドラゴンはこの世界の外からやって来たということなのか？　というか、この世界に外があるってことか？

不思議とそれはワクワクと心を浮き立たせる考えだった。

未知なるものを見てみたい気持ちがふと湧き上がる。

だが、今はそっちは置いておこう。

「だが、あなたたちは既に永い間この世界にいるのだろう？　ならばもうこの世界の者であると言っていいのでは？　俺たちも故郷から旅立って、遠い地に新たな家を得て住むことがあるが、そこを新たな故郷として生きるぞ」

「……そうするには我らの力が大きすぎるのだ、小さき人の子よ。だからこそ神は、いや、世界は我らを一度は拒絶した」

「盟約は、この地に棲まうためのものということか？」

「そうだ」

なるほど、段々わかって来た。

だが、世界を大きく変化させないということは、小さい変化なら問題ないということだ。

そう言えば……。

「それなら、勇者との盟約はどうだったんだ？」

「むっ」

「初代勇者とあなたたちは盟約を結んだ。そう聞いている」

ドラゴンは俺の言葉に静かに目を閉じて答えた。

「そうだな。あのときも蒼天が生まれ、結果として魔王を生み出した。世界は均衡を望み、勇者との盟約が結ばれたのだ」

「青いドラゴンが魔王を生んだ？」

俺はその言葉にドキリとして思わず問い直した。

「誤解するな。蒼天が魔王を生んだ訳ではない。言葉のあやよ。人が神を生み出したがために、やがて魔が生まれた、それだけの話だ。蒼天は善きにせよ悪しきにせよ、運命を回す存在ゆえに」

どうやら青のドラゴンとの盟約が、すなわち魔王への道という訳ではないらしい。

だが、何か引っかかるな。

「ふむ。だが、過去を思い出すというのはときには有益なものだ。勇者よ、そして蒼天の盟約者よ。我らの魔力によって誕生した迷宮の管理を請け負うことに同意する。我らはかつての勇者に負い目がある。我らとの盟約は、かの者の命数を縮めるであろうことを我らは知っていた。強き魂を犠牲にして、世界は均衡を保った。その借りを、勇者の末に返そう」

そう言った白いドラゴンの目のなかで渦巻いていた魔力は、今までの高圧的なものではなく、静かな穏やかさをたたえていた。

◇　◇　◇

白いドラゴンは話は終わったとばかりにゆっくりと羽を広げた。

「ちょっと待ってくれ！」

去ろうとするドラゴンを呼び止める。

俺はどうしても聞きたいことがあった。

結果が出るまで悶々と過ごすのはごめんだ。

「どうした？」

「フォルテは……青いドラゴンとの盟約として生み出されたこの鳥はどうなる？　依頼が果たされたら消えるのか？」

俺の不安を他所に、当のフォルテはいつものように頭の上から俺を覗き込んでいる。

そして不思議そうに少し首をかしげてみせた。

「その同胞の子は、そなたの証を立てる役割を確かに担っていた。だがそれと、そなたと蒼天との盟約はまた別の話。その子は、いや、その盟約はそなたの命と共に在るものだ。言ったであろう、蒼天は運命を回す。その子フォルテは、夜に動かぬ星のごとくそなたを導く光となろう」

「導く？」

「運命は良くも悪くもその主を翻弄するものよ。楽しめ、人の子」

そう言って、ふと何かを思いついたように白いドラゴンは軽く首を振り、何かをこちらへと放った。

ドン！　という重い音を立てて、その何かが目前に落ちる。

危ねえ！

「そなた、黒呪を止めるために己の爪を失ったな。それはその代わり、我が爪だ。研ぎ澄ませ、そして携えるがいい」

そう言うと、バサリと巨大な羽を広げて、今度こそ姿を消した。

飛び上がったところまでは目で追えたが、そこからどこへ行ったのか全く見えなかった。

あれに乗ったのかと思うと、今さらながらに恐ろしい。

「……師匠」

「ああ、気づいたのか」

声に振り向くと勇者が地面に座り込んでいた。

かなり落ち込んでいるようだ。

まぁだが、ドラゴンと言い争って命があったんだ、それ以上を望むのは贅沢だろう。

「俺は未熟だ」

「それがわかるだけいいじゃないか」

「真の勇者になろうと思って何かやっても、全然うまくいかない」

「そりゃあ最初からうまく行くことなんかないだろ」

勇者は座り込んで顔を伏せていたが、素早く体勢を変えた。

……その馴染んだ姿勢はまたあれか。

「師匠！　お願いだ。俺を導いてくれ！　俺には導き手が必要だ。俺のものの考え方、判断は偏っている。それがわかっていても俺自身にはどうにも出来ない。師匠から道を示されて、自分なりに真の勇者として進もうとしてそれが骨身に染みた。お願いだ、俺の本当の意味での師匠になって欲しい！」

勇者は頭を地にこすりつけて懇願した。

無駄にきっちりときれいな土下座だった。

我が身の全てを投げ出しての懇願と誓いを意味する姿勢だ。

普通は一生に一度も行うことのないはずのものを、こいつはいったい何度行うのか。

「それは自分だけで決めていいことじゃないだろ。仲間の意見も聞かずにそうやって先走ってしまうのが、そもそもの悪い癖だ」

「お師匠さま、私からも、お願い、します」

諫(いさ)めた俺にすがるように、聖女もまた土下座をする。

そしてそれに習うように剣聖とモンクも、ふらふらな体をおして頭を地面に押し付けた。

無理だ。

そう言うべきだと思う。

だが、俺はついつい自分の昔をそこに見出してしまった。

俺は師匠に弟子にしてもらうために、ずっとその後を付け回し、懇願し、すがりついた。

師匠は俺を拒絶し続け、その期間は一年も続いただろうか。

その間、当然、食事も宿も師匠は俺に提供しなかった。

俺は野の草を食べ、馬と同じ桶から水を飲み、馬小屋で寝た。

そんな生活で病気になることもあった。

倒れれば、師匠は容赦なく俺を見捨てて先へ進んだ。

そして俺は師匠を追って、また弟子入りを懇願する。

師匠は森人だったから目立った。そのため、子どもの俺でもすぐに見つけることが出来たのだ。

師匠は言った。『お前には欠片も剣の才能がない。俺が教えることなどない』と。

そんな無情な言葉にも俺は諦めなかった。

そんなことは俺が一番よく知っていたのだ。

才能がないからこそ、より高みにある師匠に学ぶ必要がある。

能無しが自分で考えて剣を振ったところで、何ら意味がない。だが、高い能力を持つ者の教えを受ければ、自分の限界を超えた力を得ることが出来る。

そのためには、師匠は最高の相手でなければならない。

俺はそう考えていたのだ。

結局、師匠は根負けした。俺は最高の師匠を自分の熱意でもぎ取った。

俺がこの年まで生き残れたのはあの師匠の教えを受けたからだ。

だからこそ、今勇者に懇願されているのは、森人の言うところの因果の巡りなのではないかと思ってしまった。

「お願いします」

「俺は一介の冒険者だ。勇者の師匠なんて柄じゃない」

「師匠以上の師匠はいない！」

勇者は真剣だ。その真剣さが、十歳そこそこだった自分と被る。

ああ、あのときの師匠の気持ちが痛いほどわかった。

「条件がある」

がばりと勇者が顔を上げた。

満面の笑顔だ。

……こいつ。

「一つ、俺の存在を貴族や王族、大聖堂の関係者に明かさないこと。二つ、身分の高い相手と会う際には決して同行しない。守れるか？」

「もちろん！　我が魂にかけて」

「簡単に魂を賭けるな」

「はい！」

うれしそうだな。一方の俺には、むちゃくちゃやらかした感がある。

勇者の後ろの聖女と剣聖、モンクがニコニコ笑いながらしきりにうなずいているのもうざい。

「ダスター」

メルリルが傍らに来てそっと手を取った。

「あ、相談もなしに決めて悪かった。あのバカのことを言えないな」

「いえ、私はダスターが思ったようにしてくれるのが一番うれしいから」

メルリルの優しい微笑みが眩しい。

「さて、これをどうするかだが」

勇者の師匠騒動で放置していたが、ドラゴンの置いて行った爪を改めて確認する。

それは人の頭よりも、やや大きいぐらいのかたまりだ。

黒に銀が散りばめられた、夜空を思わせる美しいものだった。

とりあえず持ち上げてみる。

「くっ、重い。これはさすがに運べないぞ」

ドラゴンは気軽にくれたが、抱えて帰るには無理があった。

すでに背に負った鱗がかなり邪魔だし。

「あ、師匠、俺が持つ」

何かウキウキした様子の勇者が寄って来て爪を持ち上げる。

そしてひょいと軽々抱えてしまった。

「……さすがというか、えらく力持ちだな」

「この装備の力が半分だな。勇者専用の装備でかなりの加護がかかっているから」

「なるほど。ところでドラゴンに鱗をもらったんだが、お前たち装備に使わないか？」

「とてもありがたいお申し出ですが、私たちの装備は国宝であったり、大聖堂の宝物であったりするので、その、取り替えることが出来ないのです」

俺の提案に剣聖が答える。

「ああ、権威づけのために」

「ええ」

少し笑いながら剣聖はうなずいた。

「俺は取り替えてもかまわないぞ」

「そういう訳にはいかないだろ」

相変わらず自分主義の勇者に釘を刺した。

だが、見えない部分の補強に使うのは問題あるまい。要はバレなければいいのだ。

鱗は五枚ある。メルリルと俺の分の装備に使っても、半分以上余るのは間違いなかった。

「ドラゴンの鱗と爪を加工出来る職人を探さなきゃならんな」

「それなら、わたくしが、知って、ます」

聖女がおずおずと言った。

「……お偉いさんじゃないだろうな？」

「大丈夫、私の親戚」

「それ、辺境伯の親戚ってことだよな？　お偉いさんだろ？」

「大丈夫、ただの私の親戚」

「さっそく約束破る気満々じゃねえか」

「でも、きっと他の人には無理」

「うぬぬ」

「師匠、条件は俺たちの師匠だとバレなければいいんだろ。だったら、ただの冒険者として紹介するから大丈夫」

「まぁ確かに」

ドラゴンの素材を無駄にするのは惜しい。俺は半ば誘惑に負けていた。

ため息を吐いて意識を切り替える。

「さて、それはともかく、ここはどこだ？」

「湖の迷宮の西側にある、竜の営巣地です」

剣聖が答えた。

まぁそうだろうとは思ったが、竜の営巣地の、俺たちのいた場所から見て反対側か。

メルリルの精霊の道が使えない迷宮を、ひたすら突っ切るであろう道のりに、暗澹たる思いになる。荷物が大きいし、魔物との戦いに慣れていないメルリルがいることも不安だ。

何より、いっぺんにいろいろなことが起こりすぎて、まともにものが考えられない。

「やれやれ」

万感の思いを込めて、俺はそう呟いたのだった。

◇　◇　◇

竜の営巣地からの帰路は、思ったよりも苦労がなかった。

やはり勇者パーティの存在が大きい。

野営地は聖女の魔法のおかげでどこを選んでもほぼ危険がないし、水についてはやはり聖水を飲み水に使うことは可能だった。

ただし聖女によると、聖水ばかりを飲み水に利用すると体調を崩すことがあるらしい。

「清すぎる水は、あまり体に、よくないみたいです」

ということなので、多用は出来ない。

基本的な水の準備は必要ということだ。

途中でヘビを捕まえて焼いて食わせたら、勇者が熱心に調理方法を学んでいた。

ヘビをさばいて食べるぐらい誰だってやる簡単なことだから、真剣に学ぶ必要もないけどな。

モンクと聖女は最初、ヘビを食べることをひどく嫌がったが、いざ食べてみると意外と気に入ったようだ。ただ、骨が多いので、下品な食べ方になるのが困ると嘆いていた。

貴族の屋敷で食べる訳じゃなし、気にする必要はないと思うんだが。

さて、冒険者となるには必須であるメルリルの戦闘訓練だが、これが全く進まなかった。

なにしろ魔物が現れると張り切った勇者が即倒してしまうのだ。

逆に倒しすぎるなと注意する羽目になったほどだ。

そんなこんなであまり苦労なくさくさく進めた。

「やっと一息つけるな」

新たに作られたベースキャンプに到着したのは、竜の営巣地を出発して二日後のことだった。

新しいベースキャンプは、一番端の湖である森林湖の真東に作られた。

嵐の時期に結界で風雨をしのぎながら、魔法によって地固めを行いつつ急ピッチで砦を建てたらしい。領主の肝いりで、かなりの大事業となったようだ。

それだけのことをやっても利益が出ると判断されたのだろう。

「おお、勇者殿、よくお帰りに！」

出迎えは大げさなほどに盛大に行われた。

後で聞いたところによると、ドラゴンと交渉をして来ると言い出した勇者に、もしかしたらもう帰って来ないかもしれないと不安を感じていたらしい。

みすみす勇者を見殺しにしたとなれば、国内外からの非難が集中する。

とは言え、まさか竜の営巣地まで勇者パーティを守るための兵を出す訳にもいかず、そもそも勇者から付いて来るなと厳命されていたせいで、かなり苦悩していたらしい。

ちなみにこのキャンプ地、いやもう砦だな……砦の責任者は、あの調査団の副隊長を務めていた騎士、アガサだった。出世なのか左遷なのか、微妙なところだ。

「飲み水はこちらの井戸を使います。この水は竜の魔力の影響を受けていないので安全です」

「立派な砦ですね」

「いえ、砦としてはそう立派ではないのですよ。しかし迷宮探索のための拠点と考えれば、かなり立派なものと言えるでしょうな」

「領主さまはそうとう力を入れているのですね」

「それだけではありません。勇者さま方が陛下に詳しい報告をしてくださったおかげで、国からもかなりの援助がいただけたのです」

「なるほど、それで短期間でこれだけ立派な砦が建ったのですね」

貴族とは言え、先駆けの郷を治める領主は、確かあまり身分は高くなかった。単独で、しかもこれほど短期間で、砦を建てるほどの魔法技術を使うことは出来ないだろう。

国が技術者を派遣してくれたらしい。

「しかし勇者さまご一行とあなた方が、一緒に戻って来られたときには驚きました」

「勇者さま方には危ないところを助けていただき、感謝に堪えません」

俺たちが勇者一行に同行していた理由を、危険地帯を探索中に偶然出会って同行させてもらったということにした。

まぁ何も間違ってはいないが。

「ふむ。あなたにはかつてのキャンプ地で助けていただいたご恩もあります。お連れの方共々、ここでは快適に過ごせるように手配させていただきました」

「助かります」

本来なら届け出なしに迷宮に入ったとして尋問も有り得たのだが、勇者の口添えと、かつて共に苦境を乗り越えた縁ということで、逆に歓待してもらえた。

ありがたいことである。

「しかしあれだな、同じ部屋なんだな」

「あ、あの、私はぜんぜんうれしいですよ」

砦と言っても小規模なものなので、あまり部屋に余裕はないのかもしれない。

メルリルと同室なのは俺も全く問題はないのだが、メルリルが妙に意識してしまっているようだった。

いくらなんでもこんなところで変なことはしないから落ち着こう。

フォルテがさっそく俺のベッドを占拠して、ふわあと大あくびをすると丸くなって寝た。

お前、ごちそうはいいのか？

「俺たちも勇者たちのおこぼれで歓待してもらえるらしいからな。言われた通り、着替えてホールに行こう」

こういうときは、目先のことに意識を向けるのが一番だ。

というか、着替えか。クローゼットに用意してあると言っていたが。

「うおっ！」

「どうしたの？　わあっ！」

ベッドルームの横の扉を開けると、そこがクローゼットになっていたのだが、いろいろな服がずらりと吊るしてあった。

サイズの問題が出にくいローブをメインに揃えてあるのだが、とにかく種類が多い。

古着屋にだってこんなには吊るしてないだろう。

「適当に選んで羽織って行くか」

「基本は色です。まず似合う色を選んで、あとは着やすい形のものに絞って行きましょう」

ありがたい。俺は服装にこだわりがないので、メルリルがすごく頼りになる。

クローゼットのなかにある小物入れの上にランプを置き、俺たちは見知らぬ土地を探索するかのような心地で服選びに邁進（まいしん）した。

「やっと、決まったな」

「はい。とても格好いいですよ」

「メルリルこそ魅力的すぎるんじゃないか？　酔っ払いに絡まれるかもしれないぞ。いっそフード付きのローブを選べばよかった」

「そうですか？　ありがとうダスター。でも、騎士さまがそんなことはしないでしょう？」

メルリルは照れながらもくるっと回ってみせる。

うん、金糸の刺繍の入った緑の長衣は、メルリルの美しい森の木の葉のような目の色と合っていてとても似合っている。

メルリルは冗談と思ったようだが、こんな男ばかり多い場所でしていい格好じゃないような気がして不安になるほどだ。

それと、最終的に着ていくものを選ぶまでにそれほど時間はかからなかったが、とにかく精神的に疲れてしまった。

勇者のために開かれるものだし、俺が宴を欠席しても、誰も困らないんじゃないかな？

すっかり食欲もなくなってしまった俺は、フォルテと共にベッドに寝転びたい誘惑に抗えないでいたのだった。

迷宮管理のための砦なので、宴と言っても貴族のパーティのようなものではなく、どちらかというと庶民の行う祝い事と雰囲気は近い。

テーブルにごちそうを並べて、音楽を鳴らして歌や踊りを楽しみながら食事を取るという形だ。

主役は勇者一行なので、騎士アガサと一緒に最初の挨拶を行う。

騎士アガサが勇者をねぎらう言葉をかけたのに対して、勇者は「ありがとう」と、表情も変えずにボソリと言っただけだったが……。

あいつ本当に愛想がないな。

砦には少ないながらも冒険者はいるが、ほとんどが騎士や兵士だ。

そのため庶民の祝い事と違って、かなりお行儀がいい宴となっていた。

騎士たちは独特のコートを着用していて、それに紋章が入っているのですぐにわかるが、姿勢がよく礼儀正しい。

兵士たちも上司と同じ場所で飲み食いするせいか、あまり砕けた感じはなかった。

「お美しいお嬢さん、私と一曲踊りませんか？」

「ごめんなさい。この人以外とは踊りません」

案の定、メルリルは誘われまくっているが、俺の腕にひっついたままにこやかに断り続けている。

というか、俺と踊るのを前提とした断り文句はどうかと思うぞ？

周囲の羨望のまなざしが痛い。

「メルリル、俺を気にせずに踊って来たらどうだ？」

「そういうの、無神経ですよ。ダスター」

「お、おう」

だって仕方ないだろ？　女の気持ちなんかわかる訳ない。

自慢じゃないが、まともに女と付き合ったことなんかないんだぞ？

「だから、私と踊りましょう？」

「は？」

メルリルがそう言って俺を仰天させた。

「俺が踊れる訳ないだろ？　お貴族さまじゃあるまいし」

「村のお祭りで踊ったことないんですか？」

「ねえよ、そういう年頃にはもう村を出て冒険者になってたし」

村や街の祭りでは、パートナーを決めるために踊りに誘うという風習がある。

だが、そういうのは大概十五、六の頃のイベントなので、十には村を飛び出して、十五で冒険者になった俺とは縁遠いものだった。

「大丈夫、私がついてます」

「いやいや、普通は男がリードするもんだろ？」

「ここは屋外なので、こっそり奥の手を使えますから」

「え？　まさか精霊(メイス)を使うのか？」

「はい。風と火の精霊(メイス)は、踊りがことのほか好きなんです。喜んで協力してくれます」

砦の広間(ホール)は開放式となっていて、庭と屋内に境目がない。

全体がほぼ屋外と言っていいだろう。

広間には柱と屋根があるが、それだけだ。

弦楽器と金属の打楽器（盾？）、それに金属の笛を使った演奏は、村祭りの木製の打楽器と笛による演奏よりも繊細だ。

何組かの男女と、相手がいないのか男同士で組んでいる者などが、それぞれゆっくりと体を揺すっていたり、少しアクロバティックに踊っていたりと、統一感はない。

まぁあのなかに入って踊るなら、どんな踊りをしても目立ちはしないだろう。

あ、勇者と聖女、剣聖とモンクが踊りに加わった。さすがの体捌き(たいさば)きだな。

なんとなく見るだけで満足してうんうんうなずいていると、メルリルが腕を掴んでぎゅうぎゅう押して来る。

やわらかくていい香り……じゃない。そんなに踊りたいですか?

「ダスター」

少し膨れた顔も驚きの可愛さだ。

ふわふわの耳がピクピクしていて、ちょっと触りたい。

「わ、わかった。俺は全く踊れないから任せる」

「はい!」

いい笑顔だ。

こんなに喜んでもらえるなら俺が恥をかくぐらいいいか。

メルリルと俺が踊りの輪のなかに進み出ると、無表情で踊っていた勇者がぴくりと眉(まゆ)を上げて流れるような動きで接近して来た。

聖女が振り回されてるぞ!

そんななか、メルリルがステップを踏み始める。

一歩進んで足を揃えて、右足を引いて回った。

風が俺たちの周囲に集まり、体を勝手に動かしてくれている。

それは無理やり動かされている感じではなく、何かに抱きしめられているような、優しい心地だ。

ふわりふわりと周囲にやわらかな風が起こり、半分宙を蹴るように回る。

俺たちの踊りを見た勇者がニィと笑みを浮かべ、俺たちの踊りに合わせて踊り始めた。

すごいなこいつ。風の精霊(メイス)のサポートでなにやら複雑なステップを踏んでいるのに、見ただけで踊りを把握して合わせて来たぞ。

俺たちと勇者と聖女の組が、くるくると周りながら場所を入れ替え踊る。

おおおっ！　と、周りから歓声が上がり、俺は目が回って息が上がって来た。

「メ、メルリル、そろそろ……」

情けない話だが、踊りがこんなにきついものだとは思わなかった。

剣の鍛錬と同じぐらい全身の筋肉を使うぞ。

しかも剣の鍛錬と違って、自分が何をやっているのか把握していないので、余計に疲れる。

「あ、はい。付き合ってくれてありがとうダスター」

ふわりと風が巻き付くように絡まると、名残惜しそうに離れて行く。

ふう、やっと止まった。

途端に周囲から拍手が巻き起こった。

数少ない女性騎士がなにやら頬を染めながら拍手をして、自分のパートナーを肘で小突いている。

俺はズルをしていたので、パートナーに無理強いするのは勘弁してあげてください。

「師匠、すごいな！　感動した」

勇者が寄って来て熱く語る。

「お前、この場で師匠呼びはやめろ。呼び捨てにしろ」

「わかった、ダスター。なんでも出来るんだな」

「違う、俺じゃない。メルリルの力だ」

「へえ。でもそれってパーティメンバーの力ってことだろ。パーティメンバーの力はリーダーの力でもある。十分評価されていいと思うぞ」

「アルフ殿は少々、俺を過大評価しすぎでは？」

「相変わらず勇者さまは、ダスター殿と仲がいいですな。旅の序盤では、いかな勇者といえども、経験を積んだ冒険者の助言は大きかったということですかな」

勇者の後を追うように、騎士アガサがやって来る。

そりゃあそうだよな、勇者は主賓だし、騎士アガサは接待役だ。

ともかく俺はさっさとここを離れよう。

「ええ、ダスターは俺の師匠ッィテ……のような存在です」

「なるほど、勇者殿は思ったよりも謙虚なお方だ。こう言っては失礼ですが、より尊敬する気持ちが増しました」

途中勇者が口を滑らせそうになったので、飲み物を取るフリをして、むこうずねを蹴っ飛ばした。

お前本当に大丈夫なんだよな？　約束破るなよ？

ギロリと睨んだらニコニコ笑ってうんうんうなずいていたが、その軽さが信用出来ないんだよ。

今まで取り付く島もなかった勇者の雰囲気が変わったからか、周囲から多くの人が勇者の周りに集まって来た。

俺とメルリルはそれに紛れてさっさとその場を離れる。

見るとメルリルがクスクス笑っていた。

「あー、楽しかったか？　ダンス」

「はい。踊りも楽しかったし、ダスターが楽しそうでした」

「俺が？」

「ええ。勇者さまに騎士さまが尊敬しているとおっしゃったときにも、女性の騎士さまが勇者さまにダンスを申し込んだときも」

「あ、ああ」

メルリルには敵わないな。

俺はずっと勇者が周りとなじまずに壁を作っているのが心配だった。

今日は少しだけ、その壁が低くなっていたように感じる。

まぁ師匠になったからには、弟子の人生は気になるところだろ。

運命や人を恨んで生きたって本人が辛いだけで、周囲は何一つ変わりはしないのだから、勇者はそろそろ周りや自分の生き方を受け入れる必要があるだろうと思う。

「ありがとう」

「え？」

突然メルリルに礼を言われて戸惑う。

「わがままを受け入れてくれて」

「いや、わがままというほどのことじゃないだろ？」

「でもダスターは目立つのがあまり好きではないのに」

「俺だってたまには目立ちたいと思うさ。さっきは周囲の男連中のうらやましそうな顔が心地よかった」

「ふふっ」

メルリルがまたダンスをするかのように正面から俺の腕を取る。

そしてそのまま俺の胸に頭を押し付けた。

「私はやきもちを焼きました。女の人たちがダスターを潤んだ目で見てたの知ってる？」

「それは、俺に憧れたんじゃなくて、メルリルが綺麗すぎてうらやましかっただけだろ」

「ダスターは素敵です」

「……たった一人でもそう言ってくれるとうれしいよ」

「もう！」

音楽と喧騒が少し遠くに聞こえる。

俺たちは庭の片隅で、しばらくそうやって互いの体温を感じていた。

少しして、宴会場（ホール）からひっそり引き揚げようとしていたとき、剣聖が一人の騎士から話し掛けられているのを見かけた。

片腕が義手のその騎士は、明るい顔で剣聖と話をしている。

あのとき死のうとしていた騎士か。

どうやら片腕でも前向きに生きる気持ちになったようだ。

「少しは報いもなければ世の中はつまらないからな」

「ダスター？」

「いや、なんでもない」

部屋に戻ると、フォルテがべったりと、つぶれるようにベッドで寝ている。

なんというか両羽を広げて、警戒心の欠片もない寝相だ。何も知らなければ、寝具に施された豪華な刺繍のようにすら見えた。

「こいつ、もはや鳥でもドラゴンでもないな」

思わず呟いた俺にメルリルが笑う。

メルリルは自分のベッドに腰を下ろすと、ややぼうっとしたような表情となった。

宴で飲んだ酒が今頃回って来たらしい。

いや、宴の場にいるときからちょっとテンションがおかしかったから、酔っていた可能性がある。

自分のベッドに戻ろうとする俺の服の端を掴んで離さないので、苦労して引き剥がし、何やらブツブツ言いながら横になったところに上着を掛ける。

きれいな服がシワだらけになったが、怒られないよな？

とりあえず俺は、自分が借りた長衣は脱いで、クローゼットにあったカゴに入れておいた。

フォルテをどかして空間を作り、ベッドに腰掛ける。

心地よい疲労が全身を重く眠りの底へと誘っていく。

砦のなかだから安全だ。このまま横になっても大丈夫だ。

俺の表面の意識はそう言っていたが、意識の奥底では冷たい理性がそれを否定する。

……どんなときでも戦えるようにしておけ。

いつもの野営のように俺は座ったまま半分だけ目を閉じた。

……鳥の声がする。

「ギャアギャアアア！」

「うるさいぞ。メルリルが起きるだろうが」

鳴きわめくフォルテを物理的に黙らせながら、メルリルの様子を窺ったが、健やかな寝息を立てていた。

昨夜は張り切りすぎて疲れたか、酒のせいでぐっすり寝たか。まぁどちらでも自然に目が覚めるまで寝かせておこう。

「で、お前はなんなんだ？」

「ギャウギャウ」

「腹が減っているのは俺のせいじゃないぞ？　お前が昨日早々に寝たせいだ」

「ギャウ！」

「知らんわ！」

お貴族さまのように文句を言ったら食い物が出て来ると勘違いしたフォルテの首根っこを引っ掴み、そっと部屋を出る。

宿泊房の通路を進み、昨日宴が行われていた広間と、その続きの庭に出た。

昨日の宴の形跡はなく、すっかりきれいに片付けられて、今や兵士の訓練場へと姿を変えている。

俺はその傍らにある井戸へと向かった。

「おはようございます」

先にいた男に挨拶をする。

「ああ、おはよう。確か勇者さまと一緒に昨日……」

「ええ、勇者さまに助けていただいた者です」

俺の立場は湖の迷宮奥で勇者に助けられた冒険者だ。自己紹介はそれで問題ない。

奇遇にも、そこにいたのは昨夜見かけた片腕の騎士だ。

どうやら前回の迷宮調査のときに俺がいたことを、覚えてはいないらしい。

騎士にとって、冒険者は路傍の石のような存在だ。むしろ覚えていた騎士アガサが特殊なのだ。

「それは何よりだったな。あの方々は勇者さまだけでなく全員が素晴らしいから。運がよかった」

「ええ、全くです。ところで失礼かもしれませんが、騎士さまは片腕がお悪いので？」

「ああ、以前、迷宮調査の折魔物にやられてね」

「それはお辛いですね」

「いや、命があったし、何より剣聖殿に諭(さと)されて目が覚めた。実家の父も義手を作るのに金を工面してくれてね。こうやってそれほど不自由せずになんとか働けている。戦うための力は劣ってしまったかもしれないが、騎士としては以前よりも強い覚悟を持てたと思う。だからこの腕は今の私の誇りなんだよ」

「覚悟、ですか」

「ああ。私は以前は自分が強く、多くの人を守っているのだと思っていた。だが、今は私もまた多くの人に守られているのだと、たとえ剣を使えない者ですら人を守っているのだと気づいたのだ。そう気づいたら、私なりの戦いを続ける覚悟を持てた」

「ご立派なことです」

「いや、私などまだまだ。せめて勇者さまがたをお助け出来るようにならなければ。それには鍛錬あるのみだな」

片腕の騎士はそう言って、井戸の水で汗を拭った後、再び鍛錬に戻った。

身分は高いのだろうに気さくな人だ。

今の話は俺のような見知らぬ冒険者に聞かせるような内容ではないと思うが、案外聞かせる相手は誰でもよかったのかもしれない。

俺は井戸から水を汲み上げ、口をゆすいで顔を洗う。

顔に触れると、顎にざらりとした感触があった。

俺のヒゲは中途半端に生えるので、放置していると、どうも小汚い印象になってしまう。昔は立派なヒゲにあこがれた時期もあったんだがな。

顔を洗ったついでに、ナイフで適当に削り落とす。

「まぁこんなもんか」

ナイフに映った自分の顎を見て納得すると、俺は背伸びをして体をほぐした。

足の関節と筋肉をほぐし、肩と首を回す。腕で体を支えて背筋と腕の筋肉を動かし、立ち上がってから、動かない部分がないかを順番に確認した。

納得したところで、鞘に入ったままの断ち切りで師匠直伝の剣の形をなぞろうとして、断ち切りが砕けてしまったことを思い出した。

そう言えばと、代わりにもらったドラゴンの素材のことを、連鎖的に思い浮かべる。

昨日、砦への帰還の際、ドラゴンの鱗と爪を勇者の荷物として預けたのだった。

別に重かったからというだけでなく、そのほうが問題が起きないと思ったからだ。

「あ、師匠ここだったか」

思い出したところへ勇者が顔を出した。

訓練中の兵士や騎士の目が集まる。

距離があるから普通には聞こえないだろうが、魔力を耳に帯びさせれば聞けなくもない距離だ。

「ここで師匠はやめろ」

「え～」

「え～じゃない。子どもか」

「……今後の方針を決めるから俺たちの部屋に来てくれ」

どこかむくれた様子で勇者はそう言うと、井戸から水を汲み上げて頭からかぶった。

大雑把な奴だな。

「頭を拭く布はどうした？」

「そのうち乾く」

本当に子どものような奴だ。十九と言えば、もう十分大人だろう。

しかも勇者として仲間を引っ張っているのに、この性格で大丈夫なのか？　不安しかない。

それなのに、この勇者の師匠を俺は引き受けてしまった。

「……やっぱりどう考えても早まったよな」

「クア！」

ぼやく俺に、フォルテが頭の上から早く飯を食わせろと催促するのだった。

フォルテを伴って調理場に顔を出し、何か分けてもらえるものはないかと尋ねる。

昨日の宴で使えなかったものが大量にあったらしく、快く肉の切れ端や骨などを分けてくれた。

ついでに野菜くずなんかも喜ぶとわかると、どっさりもらえた。

「キュキュウ！」

フォルテは大喜びである。

そうかお前、骨も食えたんだな。今度獲物を解体する際は、欲しいかどうか聞いてから捨てるか。

ちなみに、調理場のスタッフは全員男性だ。

こういう場所では、身を護る力のない女性は働かせないのが、騎士団の習わしらしい。

男ばかりのなかに女がいると、問題を起こすのが一人は出るもんだからだろう。

その辺は騎士とはいえ、普通の男という訳だ。

男ばっかりなのにフォルテが大人気でちょっと引いた。

「えらいきれいな鳥だな！」

「こんなの見たことねえ！」

「べっぴんさんだなぁ」

「ばぁか、鳥できれいなのはオスと決まってるべ」

えらく言葉がなまっているので聞いたら、料理人には東部出身者が多いらしい。

不倶戴天（ふぐたいてん）の敵同士のように仲の悪い西部と東部だが、案外民間では交流がある。

文化が違いすぎるのが逆に商機になるとして、商人が盛んに行き交っているせいだ。

「西部の人ぁ食にあんま関心ねぇかんよ」

「俺はけっこう料理好きだぞ。そう言えば、騎士団にはあの独特のスープの元があるよな」

「ああ、あれは俺らよりも前の専任調理人のお人が作ったらしいよ」

「あれほんと助かるんだよ、腐りにくいし、スープにも焼き物にも合うかんな」

「以前、少し分けてもらって大事に使っている。作り方は難しいのだろうか？　やはり騎士団の門外不出の秘密なのか？」

「あはは、騎士団秘蔵ってか？　ありゃあ冗談で言うてたのが、本気にされちまったことだかんな。門外不出ってこたぁないんだが、どうも作れる条件が難しいんで、他所で作れるかわからんのよ」

「そうか。だが、門外不出ではないのなら売ってもらえないだろうか？」

「よかよ。入れもんはあるかい？」

「ああ、助かる」

料理人たちがフォルテに和んだところで、以前分けてもらった騎士団秘蔵のスープの元の話をしたら、ありがたいことにまた分けてもらえる段取りとなった。

塩だけだと味が単調なのでとても助かる。

さて、フォルテの食事ついでに実りのある取引が出来たが、そろそろ勇者たちの部屋に行くべきだろう。メルリルも起こさないとな。

部屋に戻ってドアをノックすると、「あ、はい！」という元気な声が返って来た。

どうやらもう起きていたらしい。

「おはようメルリル」

「ああ、いい朝をダスター」

メルリルもだいぶ、平野風の挨拶に慣れてきたようだ。

ちょくちょく森人風にやってしまうこともあるが、それはそれで趣きがあっていいと思う。

「勇者が今後の方針を話し合いたいとのことなんだが、行けるか？」

「はい。大丈夫です」

メルリルは昨日のきれいな長衣は脱いで、普段着に軽く装備をした状態となっている。

家以外では最低限の装備はしておくようにという教育のたまものだ。

「フォルテはまた寝ているんですか？」

「あ、こいつ。食ったら寝るのかよ」

いつの間にかフォルテは俺の頭上で気持ちよさそうにすやすや寝入っていた。

「ダスターと一緒にいると安心なんですよ」

「いや、単に怠け者なだけだと思うぞ」

派手な帽子を被っているように見えて、服装とのアンバランスさがひどい。まぁ冒険者のなかにはもっと奇矯な格好をしている連中も多いから、砦の人間もあえて気にしないようだ。

すれ違っても、一瞬俺の頭を見て、にっこり笑うだけだった。

薄くなった髪を見て笑っている訳じゃないよな？

最近フォルテがあんまり髪を引っ張るんで気になりだしているのだ。

微妙な年頃なんだからほんと、勘弁してほしい。

自分たちの部屋を出て、勇者たちの部屋を探して歩く。

勇者の奴、部屋の場所ぐらい教えておけよな。まぁ聞かなかった俺も悪いが。

偉い客用の部屋なのだろう、途中で行きあった下働きの者に聞いて辿り着いたのは、立派な扉の部屋だった。

扉の前に警備の兵が立っている訳でもなく、行き交う人もほとんどいない奥まった場所にある。

扉を叩きながら「ダスターだ」と声を掛けた。

「どうぞ」

応じた声は剣聖のもののようだ。

「おはよう。昨夜はモテモテだったじゃないか」

部屋に入ると、きっちりと装備を整えた勇者たちが待っていた。

勇者パーティはいつでも臨戦態勢という感じで、こういうところは感心する。

俺のからかいに勇者はむくれた顔を見せた。

「冗談だろ。ドラゴンと戦ったのか？　とか、ドラゴンはどうだった？　とか、ドラゴンのことしか聞かれてねぇぞ」

ぼやく勇者と、苦笑いする皆。全員、そうとうドラゴンのことを聞かれたな。

「本来なら師匠こそがその話をするべきだろ。なんせドラゴンに乗ったんだから。ええっと、なんだっけ、竜騎士？　そういうおとぎ話があったよな」

「竜騎士には私も憧れました！」

意外に聖女が食いついた。

ぎゅっと握った両手を胸に押し付けながら、キラキラとした目で俺を見る。

「あんまり実感はなかったぞ。なんせ速すぎて恐ろしいばかりで」

「もしかして人類初体験かもしれないぞ。さすがは師匠だ」

すかさず勇者が褒める。

こいつ、何かと俺を褒めればいいと思ってないか？

「ここ、結界で囲んでるのか？」

「いえ、よろしければ、メルリルさんにお願いしたいのですが」

俺が尋ねると、剣聖が丁寧にメルリルに挨拶をしたあと言った。

メルリルの、風の精霊(メイス)を使った防音は、魔力を使わないから便利ではある。

それに、魔力に敏感な相手にも察知されない。しかしその分、条件が厳しいのだ。

「屋内だけど大丈夫か？　メルリル」

「はい。風が通っていますからなんとか」

どうやら大丈夫のようだった。

「それで、具体的にはどういう話し合いなんだ？　俺はとりあえず街に戻りたいんだが。もちろんお前たちは王都に戻るだろうし、一時的に別れることになるが、その辺は問題ないだろ？」

「師匠も一緒に来てくれよ。絶対今度は長く引き止められる気がするんだ。そしてそのまま大聖堂に報告しに行かされる気がする」

「そりゃあドラゴンとの契約だからな。俺は王都には行かん。いや、面倒がなければ行くのは構わないが、今は寄り付きたくない」

「師匠正直すぎるだろ。俺だって嫌なのを押して各所に報告するんだから。そもそもドラゴンと約束を交わしたのは師匠だろ」

「そこは師匠になる条件で最初に言ったじゃないか」

「まぁまぁ」

押し付け合う俺たちに呆れたのか、剣聖が言い合いに割り込んだ。

うん、俺もおとなげなかったな、反省しよう。

「そのあたりはおいおい相談するとして、今早急に決めたいのはこの後の道のりです」

「道のり？」

「はい。実は聖女さまが、どうせならこのまま辺境に立ち寄ったほうがいいのではないか、と」

剣聖の言葉に、長椅子にちょこんと座っていた聖女がこっくりとうなずいた。

「ここから東に直進すると、辺境伯領地、近いですよ？」

「ああなるほど。だが、確か辺境伯領と大森林の間には、初代勇者が付けた亀裂があって、森から辺境へ抜けることが出来ないんじゃなかったか？」

俺はそう言ってから、はっきりさせるために地図を取り出した。

勇者の付けた亀裂の話は有名で、子どもでも知っている。

森林湖のほぼ真東が辺境領だ。砦は森林湖のすぐ東隣だから、さらに近いだろう。

俺の住む先駆けの郷はこの砦から南に向かって二日ぐらいかかるが、地図上で見ると、砦があると思われる場所から辺境領へと至る距離は、その半分以下となっている。

確かに距離だけなら近い。

実は先駆けの郷から辺境領に行くには、乗合馬車だとひと月ぐらいかかる。直行便がないのだ。

むしろ歩いて行ったほうが早く、十日はかからないぐらい。

例の聖女の親戚という、竜の素材を扱える職人に依頼をするなら、確かにここから直接行ったほうが早い。伝説の亀裂がなければ、の話だが。

「亀裂には今、橋がかかっています」

聖女がこっそりと秘密を打ち明けるように言った。

「実は三代ほど前のご先祖さまが王様と密約を交わして橋をかけるのを認めさせたのです」

おい、今密約と言ったか？

変な情報を俺に予告なしに渡すのはほんと、やめてくれ。

そんな俺の戸惑いを見て取ったのか、聖女が言葉を付け足す。

「あの、密約と言っても領民はみんな知っていることなので、気にするようなことではありませんよ。なにしろ現物として橋が存在しますから」

「それはそうだな。だが、そもそもなんで密約を交わさなければ橋を作れなかったんだ？」

「それは我が家の先祖が元々魔王と呼ばれていたことに起因します。我が家の先祖は森に満ちる魔力を使って無限に使い魔を召喚することが出来たらしいのです」

「無限に？」

驚きのあまり聞き返した。

誰だって魔力には限界がある。無限というのはいくらなんでも無茶な話だ。

「魔王と呼ばれていたご先祖さまは自分は魔力を持っていなかったらしいのです。その代わり、外から魔力を集めてそれを自分の力にすることが出来ました」

「それはすごいな。なるほどそれなら確かに無限に魔力が使える、のか？」

「実際は人の魔力や魔物の魔力のような意思あるものの魔力を奪うことは出来なかったようです。ですが、森には使い切れない程の魔力が満ちていました。魔王は大森林を魔力貯蔵庫として使っていたのです」

「ああ、それで勇者は魔王と大森林を切り離したんだな。俺もあのシーンは格好いいと思いながらも、なんで勇者が地面を斬ったのか理解出来なかったんだが、おかげで長年の謎が解けた」

勇者の物語は教会の教手（おしえて）によって広められている。そのため、子どもの頃に誰もが一度は聞いていた。子どもたちの多くが勇者に憧れるのはそのせいだ。

しかし魔王や勇者それぞれの行動の理由が語られる訳ではないので、なぜそうしたのかという理由はわからなかったのである。

「魔王領が王国の辺境領となった当初は、魔王の一族と、直下の部下のみの小さな集落のようなものでしたので、森の恵みと切り離されていても問題ありませんでした。むしろ魔物の脅威（きょうい）が低くなって喜ばれたぐらいだったようです」

「小さい集落なら、魔物だけでなく森の獣も脅威になる。それが来ないなら畑も作りやすいだろうな」

俺と聖女の話に、聞いていたメルリルがうなずいた。

森のど真ん中に集落を作っている森人なりに、思うことがあるのだろう。

「ところが三代前ぐらいの頃に急速に人口が増加しました。はっきりと記録されてはいませんが、政治闘争で破れた貴族が親族、部下、一部領民を連れて逃れて来たものを受け入れたようなのです。そのため急激な人口増加を支えるために、森の資源が必要となったという訳です」

「記録がないのにわかるのか？」

「祖父に教わりましたので」

聖女は家族から引き離されて教育されるということだったが、どうもミュリアは地元の事情に詳しすぎるようだ。

「おじいさんが大聖堂に？」

「大聖堂で聖女と聖人の教育係をしているのが私の祖父です。祖父もまた、昔は聖人だったので」

「ああ」

もしかして、魔王の血筋を取り込もうとして逆に乗っ取られていないか？　大丈夫か大聖堂。

「その、ですから、私も祖父から聞いただけで、橋そのものは見たことがないのです」

「でも、今もその橋はあるはずだ、と」

「はい」

うーん、悩むところだな。

ドラゴンの素材を素材のままの状態であまり長い間持ち歩きたくない、というのはわりと切実な思いだ。しかし、行き当たりばったりで行き先を決めるのも危うい。

「そもそもお前たちは王都にドラゴンとの約束を伝える必要があるんじゃないか？　寄り道して大丈夫か？」

「それなんだが、ちょっと考えてみたら、森の迷宮の件は別に俺たちの担当じゃないんだ」

「うん？」

どういう意味だ。

「わざわざ竜の営巣地まで出張って、盟約違反を追及しに来たんだから、お前たちは大聖堂なり王宮なりから、依頼を受けて来たんじゃないのか？」

「いや、俺たちは師匠がドラゴンのところへ行ったと聞いて、別方面から騒ぎを起こせば師匠の危険が減ると思ったから……」

「あ？　俺の援護のつもりだったのか？　とんでもない無茶をしたな」

「盟約の話も本気だったぞ」

どうだか怪しいものだ。

真相を聞いて、ちょっと頭を抱えてしまった。

溢れるような自信に加え勇気と行動力がありすぎるせいで、こいつ怖いものなしなんだな。

勇者は本当に厄介だ。

「それで迷宮の担当に報告は任せようと思う」

「迷宮の担当って……まさか」

「この砦の責任者だ」

「うあ」

気の毒すぎる。いや、報告の際に、責任を全て勇者に押し付ければそうそうひどいことにはならないか。

「実はドラゴンとの約束の件、まだ話してない」

「あー、まぁ昨夜は宴だったしな」

「そこで準備を整えた上で食事のときに話そうと思う。そしてそのまま出立(しゅったつ)する」

「……絶対止められるぞ」

「大丈夫。相手に有無を言わさないことにかけては自信がある」

「そんな自信持つな」

「だから先に行き先を決めて、師匠と砦の外で合流しようと思ったんだ」

「それじゃあ、さっきの王都に一緒に来いっていうのはなんだったんだ?」

「師匠が一緒に来てくれるなら俺が直接報告してもいいかなと思っていたから」

「冗談じゃない」

「だろ」

そう言うと思ったという顔をしている勇者にイラッとしたが、ともかく冷静に考えてみる。

迷宮の件が勇者の担当ではなく、この砦の担当であるというのは確かに正論だ。

もし、直接勇者が王に報告をしてしまったら、下手をするとこの砦の責任者である騎士アガサは、処罰を受けるかもしれない。

とすると、騎士アガサに報告して、彼から王に報告を上げてもらうほうが手続きとしては正しいように思えた。

ただどうしても、胃の痛い思いをする騎士アガサの顔が浮かんでしまう。

騎士アガサがドラゴンとの契約を勇者の手柄として報告したとして、王は勇者から事情を聞きたいと思うだろう。きっと探すだろうな。

そんなときに勇者が郷にいたら、大変な騒ぎが起こりそうな気がする。

申し訳ないが、辺境領の人びとに騒ぎを押し付けてしまったほうが俺の気持ち的に楽だ。

「わかった。辺境領に行こう」

「ありがとうございます！」

む？　聖女さまがうれしそうだぞ。

そうか、ミュリアからしてみれば合法的に里帰りが出来るんだな。

「たまには親元でゆっくりするのもいいんじゃないか」

「はい！」

小さい頃に親元から引き離されて育ったんだ。

聖女はまだ子どもと言える年頃。親に甘えてもいいだろう。

そうして、俺たちは迷宮砦から辺境領へ向かうことを決めたのだった。

俺と勇者たちとは、直接は関係ない体なので、朝食は一般食堂で食べさせてもらった。

勇者たちは砦の幹部とテーブルを囲むことになっている。

そしてその席でドラゴンとの話し合いの帰結をぶちまけるようだ。

俺はその場にいないで済むことを神に感謝した。

「おっさん。どうやったらそんな美人の森人の姉さんと知り合えるんだ？」

賑やかな食堂には、上司である騎士がほとんどいない。そのため一般兵の憩いの場となっている。

飲み水が貴重なので、飲み過ぎなければ朝から酒を飲むことも出来た。

そういう場所柄か、一人の若者が気安く声を掛けて来たのだ。

「依頼を受けてその仕事で知り合ったんだ」

「そっか、いいな。俺は森人に憧れてるんだけど、なかなか出会いの場がなくってさぁ」

「まぁ森人は森に住んでて普通は出て来ないからな」

「そうなんだよ。うらやましいなぁ、おっさん」

しきりにうらやましがられてしまった。

まぁ俺もそれが他人だったらうらやましいし、酒の一杯もおごれという話になるだろう。

とは言え、砦の食堂は街の食堂と違って一品一品に金を払う方式ではない。

一般兵は金がいらないし、俺たちも砦の利用料を支払うことで、兵士たちと同じように施設を利用出来る仕組みだ。

おごるにおごれないようになっていた。

「きっといつか素晴らしい出会いがあるさ」

「こんな砦で出会いねぇ」

俺の言葉に兵士は苦笑した。がんばれ、若者。俺だってこの年まで出会いがなかったんだぞ？

そうやって食事を終えた俺たちは、さっさと出発する。

「お世話になりました」

「今度来るときは素材狩りを手伝ってくれ」

宿泊房の客棟を管理している担当者に挨拶をすると、そんなことを言われた。

なんでもここで必要な魔物の素材採取の依頼を受けてから迷宮探索を行うと、無料で施設設備を使えるらしい。

買取も適正価格なので街まで売りに行く面倒がない。

砦側としては、自分たちで狩ったものの他に、冒険者の狩ったものを得ることが出来るし、お互いに得をする仕組みだ。

なかなか面白い取り組みだった。今度来るときはぜひ利用したいものだ。

門のところの兵士にも挨拶をして砦を後にする。

しばらく進んで砦が森の木々に隠れたところで、道の脇に座り込んで勇者たちを待つことにした。

砦から続く道は開拓村に続いている。

このまま進むと辺境領から離れてしまうのだ。

「キュッキュウ」

フォルテが飛び上がり、上空をクルクルと動き回った。

どうやら砦から出たことで開放感があるらしい。

「お前目立つんだからあんまり高く飛ぶな」

「キュウ」

「なんでそうなるんだ？」

陽光を受けてキラキラと光るフォルテの様子に注意をすると、じゃあ何か探して来ると、森のなかへ入ってしまった。仕方のない奴だ。

まぁフォルテとは意識が繋がっているという感じがしているので、離れても不安はない。

「ダスター、よくわからないことがあります」

「ん？」

「魔王とはなんですか？」

「ああ」

そうか、森人であるメルリルにはわからない話だよな。

名前はやたら物騒だし、気になるだろう。

「簡単に言うと、独自に国を作ろうしていた平野人の一派の王様かな」

「それにしては名前が仰々しいですね」

「その王様の持っていた力が特殊だったせいで、当初は誰も彼に対抗出来なかったんだ。なにしろ軍隊を一人で打ち破ったとされている」

「軍隊……ですか？」

どうやら軍隊と言われてもピンと来ないらしい。

「あの砦にいる全ての兵士を集めたよりももっとずっと多い大勢の兵士さ」

「それはすごいですね」

「今朝話してたときに言ってたように、魔王は召喚という特殊な力を持っていて、魔物を生み出すことが出来たんだ」

「魔物を人間が生み出したんですか？」

メルリルがびっくりする。

まぁちょっと信じられないような話だよな。

それも一体や二体じゃないし。

「正確に言うと、どっかから呼び出していたらしいんだが、敵対している側からすれば突然現れるんだ。生み出しているように見える。そこで魔物の王、魔王と呼ばれるようになった」

「そんなすごい力を持っていた人の子孫が治める地に行くのですね」

どうやらメルリルは緊張して来たようだ。

そんな死地に赴くような覚悟を決める必要はないからな。

「と言っても、魔王がいたのはずっと昔の話さ。結局のところ、魔王は勇者に負けて、その子孫はこの国に組み込まれた。辺境は二つの外国と大森林に囲まれた場所で、大地はあまり豊かではないから、勢力を盛り返すことも難しいだろうしな」

その上、跡継ぎ以外の魔力の高い子どもは大聖堂に奪われる。

魔王の直系は徐々に力を削ぎ落とされているようなものだ。

「でもそんな場所にドラゴンの素材を加工出来る人がいるんですね。さすがと言うべきでしょうか」

「そうだな。ドラゴンの素材なんかそうそう出回らないはずなんだが、不思議な話だ」

そんな会話をしていると、勇者たちが追いついて来た。

見覚えのある勇者の馬を先頭に堂々と進んで来る姿は、信仰の対象になってもおかしくないほど輝かしいものだ。

「師匠、聞いてくれよ！　あの騎士と来たら、共に報告に赴いて欲しいとか言って、なかなか解放してくれなかったんだぜ」

だが、実際の勇者は少し残念ではある。

最初からそうなるだろうと言ってただろ？　お前自信満々だったじゃないか。

「後から砦の兵が追って来たりしないだろうな」

「それは大丈夫です。納得してもらいましたから」

俺の言葉に剣聖が笑いながら応じる。

「そうか」

砦の騎士たちには迷惑だっただろうな。本当に申し訳ない。

実際にドラゴンと話をつけた身としてはなにやら胸が痛まないでもないが、人間側の面倒はお偉いさんの間で決めてくれればいいとも思う。

ドラゴンは勝手に魔物を間引くだけだしな。

「メルリル、東に向けて道を開いてもらえるか？」

「はい」

メルリルがいつもの細長い笛を取り出す。

美しい旋律が響くと共に、慌てたようにフォルテが戻って来た。

「ピイピィ！」

「置いてってないだろ？　なんだお前、その花粉と花びらは」

どっかの花の群生地で遊んでいたらしい。

そうこうしている間に、緑の渦巻く道が出来上がった。

「行くか」

「行こう！」

元気な勇者に、それを微笑ましげに見守る剣聖、肩をすくめるモンク、そして珍しく笑顔の聖女。

「さぁ、ダスター」

緑のきらめきをその身に帯びたメルリルが誘う。

俺はなんだか不思議な気持ちになった。

これは、まるでおとぎ話に語られる場面のようではないか、と。

俺はどこへ行こうとしているのだろう？

ふと、そんな思いが湧き上がったのだ。

そんなことを考えていたせいか、精霊（メイス）の道の様子がなんだかいつもと違って見える。

以前は全体が光を帯びていて掴めない幻のような感じだったのが、美しさはそのままに現実味を増しているように感じるのだ。

そのことをメルリルに言ったら「精霊（メイス）との親和力が上がっているのかも？」と言われた。

なんでも精霊（メイス）との親和力が上がると、精霊（メイス）やその世界を身近に感じるようになるらしい。

「フォルテがいるのでそのせいかも？」

「ああ、なるほど」

以前にも聞いたが、フォルテは意思と肉体を持った精霊（メイス）みたいな存在だとか。

そのフォルテと馴染んで来たので精霊（メイス）とも馴染んで来たということのようだ。

最近ではすっかり見慣れて来ていたものの、より現実味を帯びてさらに美しくなった精霊（メイス）の道を堪能しながらしばらく進むと、メルリルが困ったように言った。

「到着したのですが、外に出られる場所が見つかりません」

「どういうことだ？」

勇者がメルリルに尋ねた。

「亀裂の近くは斜面になっていて、出るのが危険なのです。その手前は背の低い木が密集していてこの人数分の空間がありません」

「ぬぬっ」

それは困ったな。

それにしても到着が早かった。

湖の迷宮と辺境領は本当に近いようだ。

「それなら一人ずつ外に出すことは出来ますか？　それなら一人分の空間があればいいわけですし、外に出た一人が移動すれば同じ場所に出ることも出来るでしょう」

剣聖がそう提案した。

なるほど現実的な案だ。

「それなら大丈夫です。亀裂からはかなり手前にはなりますが」

「それは仕方ないでしょう」

メルリルと剣聖の話に俺や他のみんなもうなずく。

「誰から出ます？」

そうメルリルが尋ねた。

「何かあってもすぐに対処出来る者から出たほうがいいだろう。まず俺が出る」

勇者を差し置いて提案するのは傲慢とも言えるが、正直俺は、勇者の判断力にまだ全面的な信を置けていない。若くて経験が足りないからな。

俺の提案を全員が了承して、順番としては俺、剣聖、勇者、モンク、聖女とメルリルという感じになった。

メルリルが笛を奏で、俺はしっかりとした地面に足をつける。

確かにあまり広い空間ではない。

俺は急いで木々の間に入った。

次に馬に乗った剣聖が、何もない空間から現れる。

精霊の道から出た人間を初めて見たが、なんというか、びっくりするだろうな、他人が見たら。

「こっちに獣道らしき空間があるぞ」

剣聖を呼んで移動させる。

その後はスムーズに全員が外に出た。

精霊(メイス)の道と違い、むせるような緑の木々と草と土の匂いが、ここが現実であると主張していた。

遠くで静寂を薄く切り裂くような鳥の声が響き、ざわざわと背の高い木々が枝を揺らす音が聞こえている。

「さて、出たはいいが、このまま闇雲(やみくも)に亀裂に向かっても仕方ないな。橋はどの辺にあるんだ？」

勇者が仏頂面(ぶっちょうづら)でそうぼやいた。

森のなかのメルリルとて万能ではない。だいたいの方向を目指して来たのだから、すぐに橋を見つけることはむずかしい。

「フォルテ、上から橋を探してくれ」

「キュイ！」

「私も森に人がよく通る場所を尋ねてみます」

「頼む」

探索を頼んでおいて少々後ろめたいが、時間があるので休憩を取ることにした。

特に水分補給は大切だ。

勇者たちに、手持ちの水成(みずなり)の実を投げ渡す。これで最後だが、どうせもうそろそろ駄目になるからな。

「少々青臭いが、水分補給と腹の足しになる。かじっておくといい」

言うより早く勇者がかじり、「美味しくない」と眉間(みけん)にシワを寄せた。

それを笑いながら、勇者の言う通りうまくない実をかじる。

俺が行儀悪く外側の固い皮を吐き出すと、それを見た勇者が真似た。

おい、俺はいいが、お前は駄目だろうそういうの。

だが、なんとしたことか、聖女まで真似をしだした。

モンクはその様子を複雑そうな顔をして見て、自分は上品に手で隠して皮を吐き出す。

剣聖も苦笑いしながらモンクと同じように吐き出した。

「あっちのほうに人間がたびたび訪れる場所があるみたいです」

瞑想のような状態だったメルリルが目を開けて方向を指し示した。

「おお、助かる。メルリルも水分補給しておけよ」

「あ、はい」

メルリルは自分の荷物から水成（みずなり）の実を出して、慣れた様子でかじった。

彼女も上品に手で隠しながら皮を吐き出す。

あれだな、吐き出し方の違いは、大人と子どもの差という感じがする。

ん？　ってことは俺は子ども側なのか？　いやいや、冒険者はみんなこんな感じで粗野なのが普通だからな。決して俺が子どもっぽい訳じゃないぞ。

「ピュイ！」

すぐにフォルテも戻って来る。

しかし、本当にフォルテの光は目立つな。密かに行動しなければならんときには、絶対に飛ばないように言っておかないと。

俺の目の前で旋回するフォルテが示す方向も、先程のメルリルの示した方向と同じだ。

「よし、行くか」

「師匠についていくぜ！」

なぜか勇者のテンションが高い。落ち着け、頼むから。

馬が通れる場所をさぐりながら進むのでなかなか目的地へと到着しなかったが、太陽が中天よりも低くなり始めた頃に、ようやく長年人が通ったことで道になったような場所に出た。

さんざん藪のなかを移動した馬たちも一安心だ。

後で足の様子とかちゃんと確認しないとな。

道を辿って行くとゆるやかな斜面になり、その先に吊橋があった。

橋の幅はあまり広くない。馬で渡るには少々辛いか。

「そうだ。メルリルは風の精霊も使えるということだが、渡っている間、橋を揺らさないように出来るか？」

「そのぐらいなら簡単です」

にっこり笑ったメルリルが笛を奏でる。

先程と違って軽快で陽気な音色だ。

亀裂から拭き上げていた風がぴたりと止まった。

「よし、俺がまず渡って様子を見るから、合図したら馬から下りて引いて渡ってくれ」

「わかった」

勇者たちの了承を得て、まず俺が橋を渡る。

橋はギイギイときしんで不安定な足元を感じさせたが、渡してある床板は頑丈で防水防腐処理がされているものだった。

腐っているところも割れて隙間が空いているところもない。

俺は渡り終えると手を振って合図を送った。

勇者はまるでその辺を散歩しているような気楽な感じで渡り、馬も全く怯えていない。さすがというべきだろう。

剣聖はさらに足の運びがなめらかで、馬も安定している。

モンクは少しおっかなびっくりだ。大丈夫か？　馬も主人の気持ちの影響を受けてか、少々怯えているぞ。

モンクがなんとか渡り終えたら、次に聖女が馬を引いてゆっくりと渡った。

勇者や剣聖のような安定感はないが、変に怯えてもいない。うん、安心感があるな。

最後にメルリルが荷物運び用の馬、そう、元は俺の馬を引いて渡って来る。

踊るような足取りで、馬も楽しそうだ。

まぁメルリルは、もし橋が落ちたとしても風に乗ればいいからな。

全員が亀裂に掛かった橋を渡り、そこから道なりに進むと、眼下に街が見えた。

森は街に対して崖の上にあるようだった。

進んだ先の木々が切れて展望が開けると、辺境領の全体が見渡せるようになる。

「すごい……城だな」

そこには、人の手が作り上げたとは思えない奇怪な造形の城と、その城に似つかわしくない、囲いがなく広々として緑と花にあふれた街の姿があった。

「あのお城は天然の洞窟を利用して作られたと聞いています」

俺たちの驚きに、聖女が少し恥ずかしそうに答えた。

なんで恥ずかしそうなのかはさておき、城の独特な形状の理由が判明した。

なるほど、洞窟のある崖かなにかを削って城として造ったのか。

歪(いびつ)なシルエットは、夜に見るとまさに魔王城という感じになりそうだ。

「かっこいいな」

ぼそりと勇者が呟く。

「ゴテゴテとした装飾がないし、自然な要害(ようがい)という感じですごくいい」

「ああいうのが好きなのか？」

「王城とか大聖堂とか妙な装飾が過剰で見ていて恥ずかしい。必要なものがシンプルに揃っていればいいんだ」

「だが、権威というものはバカに出来ないぞ。これが王城だったら民衆が不安になる」

「かっこいいのに」

「ありがとうございます。勇者さま」

勇者の高評価に聖女がうれしそうだ。

ふむ、聖女もこの城がかっこいいと思っているのか。

まぁ聖女にとっては自分の実家でもあるしな。

街には柵がないので、道を辿る内に自然と人の生活するエリアに入った。

人びとが草花の間で作業をしている。

よく見ると、草花は薬草などのハーブ類だ。

「土の状態があまりよくないので小麦などは育たないのです。それで小麦の代わりにライ麦を育て、その他の時期はハーブを育てているということです」

「なるほど」

あまり豊かな土地ではないというのは本当のようだ。

作業をしている人が何人か、俺たちに気づいてぎょっとしたような顔をする。

そりゃあ森のほうから馬に乗った立派な鎧の騎士さまたちが現れたら驚くよな。

「まずはお城にご挨拶に伺いましょう」

「ああ」

打ち合わせで、勇者たちが旅の途中で立ち寄ったことにして、俺とメルリルはその従者として振る舞うということになっている。

城に向かうとなると微妙に緊張するが、まぁお偉いさんの相手は勇者たちがするので、俺たちはそれほど気にすることもないだろう。

それにしても、土地は決して狭くないのだが、家がまばらでしかも大きな家が少ない。家の造りも、木造のもの、レンガ造りのものとさまざまだ。

人びとは俺たちを見ると息を潜めるようにじっとして様子を窺っている。

排他的な土地柄というよりも、余所者が少ないのだろう。

だが、あまり悪感情は感じられなかった。

と、しばらく進んだところで城から来たらしい騎士の一団が現れた。

「待たれよ！　貴殿らはいかような用件で我が領を訪れたのか？」

お互いの間に張り詰めたような緊張感が漂う。

「こちらにいらっしゃるのは勇者さま、そしてこちらが聖女さまにあらせられます」

すかさず前に走り出てそう紹介すると、聖女の紹介のところで、騎士たちから「オオーッ」と唸るような、低く押し殺した歓声が上がった。

「勇者付きの聖女さま……もしやミュリア・ニィデス・ロストさまでいらっしゃいますか？」

聖女が馬上から小さくうなずくと、地響きを立てて、一斉に騎士たちが馬から下りた。

「姫さまのご帰還を、まことに……！」

言葉にならない。

騎士たちは全員、男泣きに泣き崩れていた。

ヤバい。

遠巻きに様子を窺っていた領民たちが、「おお」「姫さまだって？」「あの末の……」などと言葉を交わし、感動したようにこちらを見ている。

なかには騎士たちのように泣いている者までいた。

「ミュリア」

俺はこっそりと聖女にささやきかけた。

「連中に案内するように声をかけてくれ」

俺の言葉に聖女が小さく「はい」と答えた。

「今は時が惜しいです。お城に案内してはもらえませんか？」

聖女がそう言うと、男たちはバッと顔を上げた。

「はっ！　喜んで！」

今の今まで泣き崩れていた男たちが俊敏な動作で馬にまたがり隊列を組む。

なかなか訓練の行き届いた集団だ。

そのなかの一人が、先に馬を駆けさせて城へと向かう。

久しぶりに帰還した姫さまを迎える準備があるんだろうな。

辺境領では、領主一族のなかで特に魔力の高い跡継ぎ以外の子どもは、全て大聖堂に連れて行かれることになっている。

長年続いたその慣習に彼らは慣れているものと思っていたが、この様子を見ると違ったようだ。

明らかに彼らは主家の子どもたちを奪われることに納得していない。

だからこそ、聖女の帰還にこれほど大きく反応するのだ。

まぁそりゃあ当たり前だよな。

かわいい盛りの子どもを奪われて辛くない親はいないだろう。

主家が辛い思いをしていれば、配下は腹立たしいものだ。

さてさて、どうなることやら。

城に近づくと、天然の岩を削ったのか、それともそこに運んで組み上げたのか、巨大な壁が立ちふさがっていた。

壁の前は空堀で、城との通路は、跳ね橋を下ろして作る仕組みのようだ。

戦いを経験した城独特の、強面(こわもて)の風貌を感じさせた。

我が国の他の領主の城や、王城などは、あまり戦い向きではない。

さっきも勇者が言ったように、装飾の多い美しい城なのだ。

それは他の城が戦いが終わった後に建てられたからだろう。

だが、この城は違う。

この国が国として成り立つ前に激しい戦いを経て、尚そこに在る城なのだ。

学者先生なら、大喜びで調べさせてくれと言い出しそうな、独特の雰囲気があった。

「むっ？」

城の空堀に架かった橋より手前に、立派なしつらえの馬に乗った、どっしりとした装束の男性と女性がいる。

これはあれか、領主夫妻直々のお出迎えってやつか？

聖女を先に行かせるべきか、勇者が先頭のままでいいのか？　その辺は俺には判断がつかん。

ちらりと勇者を見ると、お決まりの仏頂面のまま、傲然と顔を上げて先頭を進んでいる。

まぁ任せるか。俺は貴族の礼儀は知らないしな。

俺はそのままメルリルと共に一番後ろに下がり、荷物を積んだ馬を左右から挟むように進んだ。

案内の騎士たちが領主夫妻らしき相手にうやうやしく一礼して、一斉に馬から下り、左右に分かれて膝を突く。

「今代（こんだい）の勇者であるアルフレッド・セ・ピア・アカガネだ。ロスト伯殿か？」

「は。この領を治めるイェンフィディリアス・セクタ・レイ・ロストと申します。こちらは妻のフエリシアです」

「この度は私用でこの地に立ち寄った。大げさにする必要はないが滞在を許可してほしい」

「はい。お望みのままに」

お互いに最低限必要と思われる挨拶が終わった。

最初に動いたのは奥方だった。

馬から飛び降りると、ドレスをからげて走り出し、聖女の馬に取りすがるように駆け寄る。

「ああ、ミュリアなのね！　どうか母に、よく顔を見せてちょうだい」

「……お母様」

聖女ミュリアは、それまでのうれしそうな様子から一転、不安そうな戸惑ったような様子で、どうしたらいいかわからないようだった。

やがて、意を決したように馬を滑り下り、母とおぼしき人に近づく。

「ただいま、帰りました」

「おかえりなさい」

長年引き離されていた母娘は、お互いの存在を確かめるように、ギュッと抱きしめ合ったのだった。

抱き合う母娘を見て、周囲の騎士もむせび泣いている。

領主らしき人はさすがにあからさまに泣いたりしてはいないが、目が潤んでるようだ。

聖女は、いやミュリアは、まるで小さな子どもに戻ったように母親に抱きついていた。

もともと本来の年齢よりも小さいし、そうしていると十歳かそこらの子どもに見える。

「領主殿。感動の再会を邪魔するつもりはないのだが、外では落ち着かないだろう。続きはなかでゆっくりと話でもしてはいかがか？」

周囲が感動に流されるなか、冷静というか、全く流されていなかった勇者がそう言った。

おいおい、騎士のなかに勇者を睨む奴がいたぞ。

確かに場の空気を読まない勇者も勇者だが、睨んじゃ駄目だろ。そう理不尽を言っている訳でもないんだし。

「これは失礼した。お疲れであろう、案内させます」

「よろしく」

これはあれだな、家族に対する信頼を失った勇者からしてみれば、長く離れていたはずのミュリアと家族の間にある絆の強さがうらやましかったのかもしれない。

本人はそんな風に考えてはいないだろうが、普段聖女を大事にしている勇者らしからぬ態度だし。

城へと案内された俺たちは、勇者一行と、馬と俺とメルリルとは別に案内を受けた。

まぁ当然だ。

どう見ても俺たちは貴族でも勇者のパーティメンバーでもないしな。

客用の馬小屋に案内されて馬たちを繋いで、水と餌を与える。

馬小屋には担当の世話役がいて、俺たちに申し送りがないかを確認して来た。

「山を無理して歩かせたので、傷や蹄の様子をチェックしておきたい」

「わかりました。馬専門の医師もいますし、馬小屋番は熟練の者です。安心してお任せください」

「ありがとうございます」

馬の世話はしなくていいということなんだろうが、とすると俺たちはどうすればいいのかな？

「お付きの方はこちらへ」

馬から荷物を下ろし、装備類の大事なものとその他を分けてそれぞれを誰の部屋へと運ぶのかということを城の従者と確認していると、下働きらしき女性が馬小屋を訪れて俺とメルリルに丁寧に案内を申し出た。

「よろしくお願いします」

大事なものだけを俺とメルリルで分けて持ち、その案内の女性に続く。

さすがは勇者の威光というべきか、従者にも丁寧に接してくれる。

案内の女性は俺の頭上のフォルテをちらちらと気にしながらも、特に何も言うことなしに部屋へと導き、備品の使い方、水場や食事を取る場所、用事があるときにはどうしたらいいか、などを丁寧に教えてくれた。

部屋は勇者たちが使う客間の隣の小部屋で、そこが従者用の控えの間らしかった。

上下に棚のように備え付けてあるベッドが、よくある冒険者用の宿を思わせる。

従者用の部屋と言っても十分に広い。

「ベッド、俺が上でいいか？」

「あ、はい。ベッドを重ねて空間を節約するという考え方なのですね」

「王都の駆け出し冒険者用の宿には三段のベッドもあったぞ。寝る空間がむちゃくちゃ狭いんだ」

「なんだか楽しそうですね」

「いやいや、臭いはひどいわ、虫は多いわで、寝不足必須だからな」

思い出して苦笑を浮かべる。

ここのベッドはさすがに虫がいるということもなさそうだ。

シーツも上等で新品のようにピカピカである。

シーツの下は藁だろうか、十分に干されていて湿気ってもいなかった。

「ダスターはいろいろなところを知っているんですよね」

「若い頃はあちこち行ったからな」

「今後は私も一緒ですよ」

「さすがに若い頃のような無茶はしないぞ」

話しながら勇者たちの部屋にそれぞれの荷物を運び入れる。

馬小屋に残して来た残りの荷物も運ばれて来たので、それも分別して運び込んだ。

ついでに従者らしく、部屋のチェックもする。

勇者の部屋はさすがに豪華だ。

ベッドだけでも、数人は確実に眠ることが出来るだろうって広さだし、虫避けの蚊帳かな？

ベッドの上に屋根があって、薄絹で周囲を囲えるようになっていた。

国家予算くらいしそうなでかい絨毯、ソファーセット、作業用テーブル、書見台、本棚。そして俺たちの部屋よりも広い、人が住めそうなクローゼット。用途がわからないものも多い。

ベッドルームの隣は、これ、便所と風呂か？

とすると、この豪華な陶器の皿のようなものに取っ手が付いたやつは、おお、取っ手をひねると水が出た。顔を洗うための専用の器具か？　贅沢だな。これ、水はどうなっているんだ？　魔道具か？

途中から部屋の探索を楽しんでしまったが、怪しいものとかは置いてないようだ。

まぁ当たり前か。

何しろ突然だったし、もし勇者に対して何か思うところがあるとしても、準備している間はなかっただろう。

本来なら、次は聖女の部屋をチェックすべきなんだが、聖女の部屋はこの並びにない。領主の自宅とも言える、領主館に泊まるとのことだ。

領主様も城に住んでいる訳ではないらしい。不便そうだもんな、この城。

その後、剣聖とモンクの部屋の準備も整え、ひと仕事終えた俺たちは、下働きの者向けの食堂を訪れた。

「失礼します。勇者殿方の従者です。食事はこちらでよろしいでしょうか？」

「ん？　ああ、聞いているよ。なぁあんたら、勇者さまたちとは長いのかい？」

「ええっと、そう長くはないですね。わりと最近雇われたので」

「そうか……」

食堂の人たちが何かがっかりしたようにため息を吐いた。

周囲で様子を窺っていた他の下働きの者たちも、ちょっと当てが外れたようだ。

なるほど、俺たちから聖女の普段の様子を知りたかったのか。

「聖女さまは、まだお若いのに泣き言も言われず常に毅然としていらっしゃいますが、先程領主さまと奥方さまを拝見してなるほどなと思いましたよ」

「おお、そうだろ！　領主様の一族は皆様ご立派な方ばかりだからな」

「末の姫君は、お館さまと奥さまのいいとこどりの可愛らしい方だなぁ」

「全くだ。大聖堂の坊主どもに虐（いじ）められているんじゃないかと心配してたが、立派にお育ちになって……」

途端にガヤガヤと賑やかになる。

そちらが話を聞きたいなら、こちらも話を聞いてもいいだろう。

少しだけこの領地の内実を探らせてもらうか。

食堂であらかた噂を収集し、部屋へと戻った俺たちだったが、勇者たちはまだ戻っていなかった。

まぁ俺たちのように、食って適当に話を聞いたらさっと引き揚げる訳にもいかないだろうしな。

仕方ないので、勇者の部屋のクローゼットに装備と一緒にしまっておいたドラゴンの鱗と爪を確認することにした。

マントや毛布で何重にも覆って運んで来たが、あまりにもでかいので目を引いてしまっていた。

まぁ武器か何かだろうと思われているようで、特に詮索されることはなかったが。

これが勇者ではなく一介の冒険者である俺の所持品だったりしたら、宿に泊まるにもビクビクする必要があっただろう。

あまり荷物を持ちたがらない冒険者の大荷物だ。明らかに何か価値があるものと見なされるだろうからな。

暗いなかで荷解きをすると、銀白の鱗がほんのりと光を放つ。

「キュウ〜ルルゥ〜」

フォルテが何やら歌うように鳴くと、その光が静かに明滅した。

体温が急激に上がるような感覚がある。

鱗から放射された魔力が俺のなかに染み込んで来ているのか？

俺はかつて感じたことのない感触に少しだけ恐怖を覚えたが、フォルテが楽しそうなので、安全だと判断してこわばる体をほぐす。

「ダスターの体が光っている」

「マジか？」

何が起きているのかはっきりとはわからないが、悪いことではなさそうだ。

しかしこの場で爪を開封するのは、やめておくことにした。

念の為、鱗ももう一度毛布で包んでおく。

「キュ～」

「後でいくらでも見られるから」

がっかりするフォルテをなだめていると、部屋の入り口のほうから人が近づいて来る足音が聞こえた。戻って来たか。

俺はメルリルを連れてクローゼットを出ると、俺たちの部屋のほうにしつらえてある室内用のストーブでお湯を沸かす。

このストーブはトップで湯を沸かしたり調理したり出来る他に、焚き口の上の部分が大きく開いて、そのなかでもちょっとした料理が作れるようになっていた。

従者が主人にお茶や茶菓子を用意するのに使うのだろう。

棚にはさまざまな茶葉も置いてある。

どれが何やらさっぱりわからないが、匂いを嗅いで味の見当をつけて用意することにした。

歓迎の食事ともなればこってりした料理だったはずだから、さっぱりした茶がいいだろうな。

そうしている間に扉が開いて、絨毯に吸い込まれる足音が微かに聞こえた。

一人、二人、三人。

扉の外に二人ほどいたが、勇者が追い払ったようだ。

「えらく豪華な部屋だな。もしかして王族が訪れたときのためのものじゃないだろうな」

部屋を見た勇者がそう言うのが聞こえた。

元王族で、いつも豪華な宿に泊まっている勇者が言うのだから、そうとうだ。

「お疲れ。茶を飲むか？」

「あ、師匠ありがたい」

「助かります」

「あ、ありがとう」

勇者と剣聖とモンク、三人三様の礼が返って来た。

「すごい歓迎ぶりで、胸焼けしたぞ」

「礼儀ですから、それぞれの料理にある程度口をつけない訳にはいきませんからね」

「ミュリアは早々に連れて行かれるし」

「それは仕方ないだろ。久しぶりに子どもに会えた親の気持ちとして。っていうか、どのくらい久しぶりなんだ？」

会食がよほどこたえたのか、愚痴を言う勇者たちに、聖女のことを聞いてみた。

「ん～、俺はよく知らないんだ。聖女とか聖人の制度はあまり公にされてなくってな。俺も聖女と会って初めて知ったぐらいだし」

勇者がそう言うのに、剣聖もうなずく。

「確か、聖女の宣誓式のときに家族と会うことが許されるはずだから、ミュリアさまなら八歳の頃に一度ご両親に会っているんじゃないかな」

同じ大聖堂にいたからか、さすがにモンクが事情に詳しい。

「その後は全く会えないのか？」

「そう」

「ヤバいな、小さい子どもと引き離されて六年か。そりゃあ積もる話もあるよな」

「気の毒すぎます」

メルリルが眉をひそめ、非難するように言った。

「小さい子どもを親から引き離すなんてことを、獣相手にやったら命がけですよ」

メルリルのたとえ話は独特だ。

「まさしくその通りだね」

メルリルの非難にモンクが強く同意した。

「そもそもどういう理由で大聖堂は魔王の血筋を取り込んでいるんだ？　魔力の大きさだけが理由なのか？」

「公式には魔力の暴走を防ぐため、だったはずだぞ。俺も少し調べたが。あ、この茶うまいな」

「例のドラゴンフルーツから作った酒を少し入れている。竜の営巣地からこっち、だいぶ強行軍だったしな」

勇者が茶をすすってうれしそうにしているので、種明かしをしてやる。

そもそもが勇者たちに分けるために持っていたんだが、いろいろあって俺が持ちっぱなしになっていたのだ。

「どんなごちそうよりもありがたい配慮です」

剣聖が茶の入った陶器の杯を、押しいただくように掲げて茶をすすった。

いや、そんな大層な飲み方をするな。

「あの料理、うまかったが、どうも眠りが深くなるようなものが入っていたようだし、それが抜けてすっきりした」

そんななか、勇者がぼそりととんでもないことを言った。

「まさか、薬を盛られた？」

「それこそまさかだ。そんなあからさまなことはしない。料理に使っているハーブに、たまたまそういう効果があっただけと言われるだけさ。もし指摘しても、疲れが取れますからとか言われるんじゃないかな？」

「いや、それは注意したほうがいいだろ」

「眠らせてなにかやろうっていうならやればいい。やられたらやり返すだけさ」

勇者の思考がヤバい。

「気づいたときにビシッと言っておいたほうが、ものごとは悪化しないぞ」

「ち、……だが、あの場にはミュリアがいただろ」

「ああ」

なるほど。勇者なりに聖女に気を遣っていたのか。

それに、疲労回復の効果があるハーブには安眠効果がある場合も多い。

眠らせるために食事に混ぜたとも言えない訳だ。

「追い払ったのにまた来やがった。ミュリアがいないから話を聞かれないようにするのが面倒だな」

何かに気づいたように勇者が扉に目を向ける。

どうやら警護という名の監視が戻って来たらしい。

「あ、私が」

メルリルが小さく何やら歌うと、室内にもかかわらず、ふわりと風が吹き抜けた。

「驚いた。室内でも風が使えるの？」

「はい。今は密閉状態にないようですから。風に乗るのは無理ですけど、音を遮るぐらいなら」

モンクの驚きに、メルリルがにこりと笑って説明した。

「じゃあ本題に入るか。ミュリアの親戚の鍛冶師とやらは城にいるらしい。あれだな、お抱え職人ってやつだな」

「城の職人なのか。それはまた面倒だな」

「そのあたりの面倒なことは、ミュリアが今夜のうちになんとか父親に話を通すとの伝言だ」

「大丈夫なのか？」

「あれでもミュリアは馬鹿じゃないぞ。海千山千の坊主どもと渡り合いながら聖女をやっていたんだ。まぁ任せてやれ」

「でだ、このドラゴン素材の持ち主が俺たちってことになっているのは不本意なんだが、仕方ないとして。その流れで何を作るかを指示することを俺がやらなきゃならん。師匠たちは何を作りたいんだ？」

「まずは剣だな。折れた断ち切りの代わりが欲しい」

「素材は爪だな」

「ああ。それから動きやすい防具も必要だ。鱗を加工することが出来る前提で、俺とメルリルの急所を守るための、服の上から装備出来る防具が欲しい」

「……それ、鱗一枚あれば足りるよな？」

「後はお前たちで使え」

「馬鹿言うな。そんなことが出来るか！」

「師匠に馬鹿とはなんだ。そもそもお前たちのものということになっているのに、お前たちの装備を作らないのはおかしいだろ。本装備は変えられないなら、ナイフとか、軽いから鎖帷子の代わりの内着とか作れば、かなり動きも変わるはずだ」

「駄目だ、全部師匠とメルリルに使う。そうだ、その鳥にも使ったらどうだ？」

「ピィ？」

鳥と言われて、うとうとしていたフォルテが目を覚ました。

「フォルテに何を作るんだよ？　いいからどうせ余るんだからお前たちも装備を充実させろ。必要のないものを作る意味がないし、余ったからって市場に流すとヤバいだろうが」

「頑固だな」

「頑固はお前だ。合理的に考えろ」

そんな調子で、結局のところ豪華な部屋をあてがわれていたにもかかわらず、議論の果てに全員がそのまま床に転がって寝入るという結果になった。

まぁ絨毯は十分高級品だったから、普通の宿のベッドよりよほど気持ちよく眠れたけどな。

問題は次の日の朝だった。

風の精霊による遮音が解除されていなかったので、部屋のなかにノックの音が聞こえず、朝の準備のために扉を開けた勇者の世話係の女性が、床に転がった俺たちを発見して悲鳴を上げるという騒ぎが発生したのである。

魔法の結界の場合は一定時間が経過すれば勝手に解除される。その意識があったための失敗だ。

精霊（メイス）を使った場合と魔法によるものとの違いを感じたひと幕だった。

後にメルリルに聞いたところによると、精霊（メイス）は気まぐれで、今回のように延々と言われたことを守ることもあれば、すぐに飽きて効果が終わってしまうこともあるらしい。

なんという使い勝手の悪さ。

そのあたりをうまく調整するのが巫女（メッセリ）の力量なんだとか。

朝の騒動はなんとか適当にごまかして、勇者たちは部屋に食事を運んでもらい、俺たちの分も使用人部屋に持ち込んで、うまいこと抜け出して来た聖女も交えて全員で勇者の部屋で食事を取った。

広いからそれぞれが好きな場所で食事をしても全く問題ない。

広いというのはいいものだ。

「お母様がなかなか離してくださらなくて、説得するのが大変でした」

聖女が食事をしながらそう言った。

本日の朝食はライ麦パンとスープというわりと質素なものだ。

やはり歓迎の席の料理が特殊なだけで、普段は領主といえども質素なのだろう。

ここもそう豊かな土地ではないしな。

地方出の若者や歯の弱い年寄りには不評なライ麦パンだが、独特の味わいがあり、薄味のスープとお互いに引き立て合って美味しく食べることが出来る。

酸味や食感の面白さが好き、という人も案外多い。俺も好きだ。

特にここの料理人はパン作りが上手いのか、噛み切りやすいし風味がいい。木の実なども入っているようだ。

「それは当然だろ。かわいい娘に久しぶりに会えたんだし、今回は用事が済んだら思いっきり甘えていいんじゃないか？」

言いながら俺は勇者を見た。

パーティメンバーの行動を決めるのは、基本的にはリーダーの役目だ。

だが、勇者は話を聞いてなかったようで、パンをひたすらちぎってスープに突っ込み、それをスプーンで掬って食べることに没頭していた。

固いものが苦手なのか？

「アルフ、しばらくここに滞在しても大丈夫なんだろう？」

俺の言葉にようやく顔を上げた勇者は、キョトンとしてこっちを見る。

「え？　師匠、ここが気に入ったんだ？」

「違う。ミュリアをしばらく親元でゆっくりさせてやれないかって話だ。俺はその間に戻ってギルドに報告する。遅くなると死んだことにされそうだからな」

「ミュリアだけをここに置いて行くのか？　それは可哀想じゃ？」

「いや、お前ら全員残るんだよ。俺とメルリルとフォルテで先駆けの郷に戻るから」

「それなら俺たちもついて行くぞ」

「なんで集団行動しなきゃならんのだ。俺は用件があるから街に戻るが、お前たちはしばらくここにいたっていいだろ？　王都に行って陛下に改めて報告したいなら、それもいいかもしれんが」

「弟子は師匠について行くもんだろ」

こいつ。

「まぁ二人共。とりあえず、まずはドラゴンの装備を作ってもらうという話でしょう？　そう短期間に終わるようなことではありませんし、その間、聖女さまもゆっくり出来ますよ」

「そう言われれば確かにそうか」

剣聖のとりなしに納得する。

俺はこれまで、オーダーで装備を仕立てたことがない。

適当な中古品を仕立て直して使ったり、店に並べてあるものから選んで買ったりしていた。

鍛冶師に直接オーダーした場合、どのぐらい時間が掛かるかということは、聞いた話程度でしか知らないのだ。

「師匠は先のことを考えすぎなんだよ。そんな暇があったら俺にいろいろ指導してくれ」

「お前に指導したいのは他人への態度だ。お前、もうちょっと知らない相手にも愛想よく出来ないか？　仮にも勇者なんだし」

「師匠は甘い。だいたいの奴はいい顔してみせると要求が段々エスカレートしていくんだ。ばかばかしくて相手にしてられるか」

「ふむ」

勇者の言葉に俺は少し考えた。

なるほど、確かに勇者に頼めばなんでも解決してもらえると思い込んだ者たちや、勇者の名声を利用しようとする者たちなどには、下手にいい顔をすると、何を要求して来るかわからない怖さがある。だとすると、勇者の普段の態度の素っ気なさも、必要なのかもしれない。

単純に若者らしい大人への反発という訳でもなさそうだった。

「食事が終わったら、さっそくおじいさまの工房に伺いましょう」

俺たちのやりとりをどこか楽しそうに眺めていた聖女が言葉を挟む。

「ん？　鍛冶師は親戚という話じゃなかったか？」

「おじいさまは祖父ではないのです。少し複雑なのですけど」

「そうか」

まぁどちらにせよ、領主一族なんだからお偉いさんではある訳だ。

昨夜、喧々諤々と打ち合わせをした末に決まった注文内容を、勇者が伝えることになっているが、実際にどこまで融通が利くかわからない。

俺も同行して、ことによってはその場で仕様変更を伝える必要がある。

そのことを考えると、期待と共に不安もあった。

「じゃあ最終確認だ。まずは俺たちの装備としてそれぞれドラゴンの鱗を使った内着を依頼する。

これは師匠も含めて全員分だ。それから俺とクルス、テスタの籠手とナイフ、クルスに盾。師匠の剣と上半身用防具、メルリルとミュリアの頭を守る頭巾タイプの防具。以上だな」

「ああ」

勇者がすらすらと、まるで書かれた文字を読み上げるように告げる。

昨夜、最後のほうはグダグダになっていたのにさすがに記憶力がいい。

しかしやはり、俺の剣がまずい意味で目立っている。

剣聖に盾を作らせることである程度ごまかそうとしたが、ごまかしきれることじゃないな。

勇者のスタンスとしては、近頃雇った従者の装備の充実というところだが、ドラゴンの剣とか充実させすぎだろ。

しかしこればかりは譲れないしなぁ。まぁ、なるようになるか。

今朝の一件から、すっかり奇異の目で見てくるようになった扉の前の騎士に挨拶をして、俺たちは聖女の案内で移動する。

「城には五歳までしかいなかったんだろう？　場所がわかるのか？」

堂々と案内する聖女に尋ねると、胸を張って自信ありげな返事が返って来た。

「もちろんです。私、物心ついた頃からずっと、おじいさまの工房に通いつめていたんですから！」

マジか。工房に毎日通う小さなお姫さまとか、危なくなかったのか？

城の連中は止めなかったんだろうか。勝手に行っていたのかもしれないが。

それにしても、聖女ミュリアはここに来てから活き活きとしている。辺境領に先に立ち寄ることにしてよかったたな。

おじいさまとやらの鍛冶工房に行くまでに、二度ほど警備の者に止められて、そのたびに聖女が、庭を見せたくてとか、修練場を使うからなどと言い訳をしてその場をやり過ごした。

「おい、ミュリア。もしかして親父さんの許可取ってないのか？」

「……実はおじいさまの工房は門外不出なの。だから最初から許可とか取れないんです」

「おいおい」

「師匠、大丈夫。何か問題があっても俺がなんとかするから」

「いやいや、なんとかって何する気だよ。問題を大きくするんじゃねぇぞ」

衝撃的な事実が発覚して困惑した俺に、聖女がにっこりと微笑んだ。

「ドラゴンの素材をきちんと扱える人なんて他にいません。大丈夫です。問題になんてさせませんから」

そう言って、三度目の階段を下りる。

ここまで二度階段を上がったが、今度は下りるとか、内部が複雑すぎないか？　この城。

高い天井のどこかから光を入れてはいるらしいのだが、それでも通路は薄暗く、ところどころに魔道具のランプが灯っている。

この城は見た目の古さに反して、最新型の魔道具がかなり使われていた。

「ここ」

言って、聖女は階段の途中の壁を叩き、色変わりしている部分に手のひらを合わせる。

すうっと音もなく壁が消え、そこに下向きの階段が現れた。

「隠し通路か」

「なんだか冒険している感じがしてワクワクするな」

「そうだね」

勇者とモンクがとても楽しそうだ。

剣聖は苦笑している。

メルリルはすごく緊張しているらしく、表情がこわばっていた。

「大丈夫か？　メルリル」

「あ、はい。なんだかすごいところに来てしまったなぁと思って。あと私、土とはあまり相性がよくないんです」

「わかった。何かあったら俺がカバーする」

「じ、自分の身を守るぐらいは出来ますよ」

「いや、パーティなんだから苦手な部分は仲間がカバーするのが当然だ」

「あ……、仲間。そうですね。はい。よろしくお願いします」

メルリルの緊張が少しほぐれたようだ。

「くっ、師匠のパーティ。俺も入りたい」

「いや、お前勇者だから。いいから先に行け」

そこで笑いを挟まなくていいから。しかも滑ってるぞ、お前。

階段は暗く、聖女が祝福の光を灯して進む。

「私、物心ついた頃には魔力を使っていろいろなことが出来たんです。今は魔法を使っていますけど、昔は魔力そのものを光らせて灯りにしていました」

「うわあ、贅沢な使い方だな。子どもの頃だろ？　ぶっ倒れなかったのか？」

「全然平気でした」

そのエピソードだけで、聖女がもとから持つ魔力がいかに膨大であったかがわかる。

今は大聖堂で修行して、さらに膨大になっているんだろうな。

勇者と聖女の魔力はその性質はやや異なるものの、量についてはほぼ拮抗している。

現在はドラゴンの魔力が混ざったせいで、性質も似た感じになっていた。

思えば本当にすごい連中なんだよな。勇者パーティは。

とは言え、勇者を始めとして人間らしすぎるほど人間らしいせいで、そのすごさがイマイチわからなくなってるが。

階段を下りきると今度は通路が続く。

今までの通路と違い、狭く細長い通路だ。

人が一人か二人、やっと通れる程度の幅だが、天井はやたら高い。

足音は周囲の壁に吸収されて全く聞こえなかった。

床を蹴ったり壁を叩いたりしてみたが、石のような土のような、なんとも言えない感触だ。

そしてこの通路にはドアや脇道が一切なかった。

なんとなく無言で進むなか、前方に聖女の光に照らされて巨大な扉が浮かび上がる。

「ん？」

扉の周囲に何かある。

って、これは！

「おいおい、これってドラゴンの頭じゃないか？」

勇者が気づいて呆れたように言った。

その通り、まるで巨大なドアを咥えているかのように、ドラゴンの頭があるのだ。

本物か？

魔力はわずかに感じるが、本来のドラゴン素材にある圧倒的なものではない。

「これは本物です。およそ千年ほど前のものだとか」

「ほう、我が国の建国と同じぐらい昔だな」

「火喰いの魔物が最初に封印されたのも同じ頃です」

偶然か必然か、どうやら千年前には、あちらでもこちらでも大きな騒動が持ち上がっていたようだ。

「まさかと思うが、魔王はドラゴンを倒したのか？」

「ええ。王国正史にも教手の物語にも記されていませんが、我が国ではそう伝えられています」

とんでもないな魔王。

そうか、ドラゴン素材を扱える鍛冶師がいる理由もこれでわかった。

この国にはドラゴン素材があるのだ。

しかもドラゴン一頭分。

いや、千年前ならあったと言うべきか。

このドラゴンの頭も本来の力はもう失っているようだしな。

しかし、今は闇のなかにぼうっと黒く浮かんでいるが、本来の色は何色だったのだろう？

「俺もあの黒いのを倒したかったな」

「馬鹿言うな。相手が本気だったら瞬殺だったはずだ」

「ふん！」

勇者は強がって言ってみたが、自分とドラゴンの間の実力差はわかっているようだった。

鼻を鳴らしただけで反論はない。

その間に聖女が手のひらを扉に押し当てて、声を掛けていた。

「おじいさま、ミュリアです。入りますね」

重厚な扉がすうっと開く。

さっきの階段の仕掛けもそうだが、どうもこれは血族にだけ使える封印紋章(ロック)によって開くようだ。

古い血統の貴族の屋敷には、封印紋章(ロック)による隠し部屋や隠し通路があるということを聞いたことがあった。

遺跡の調査をする場合にもこの封印紋章(ロック)が見つかることがあって、全く開くことが出来ずに煮え湯を飲まされることも多いのだ。

「誰だ?」

真っ暗な闇のなかから声が響く。

ゆっくりと聖女の灯りの元に姿を現したのは、真っ白な髪とヒゲ、同じく真っ白な目、そしてがっちりとした立派な体格の男だった。

ひどく歳を取っているようにも、俺と同じぐらいの歳にも見える。

とらえどころのない相手だ。

魔力は全く感じられないが、どこか異様な雰囲気がある。

肌がピリピリとひりつくような感じ。

これは命の危機を体が感じている証拠だ。

体温が一気に下がり、身体の保護のために魔力が体内を走る。

「ウルルルル……」

フォルテが小さく唸っていた。

「おじいさま、ミュリアです」

「ミュリアだと？　しかし、ううむ……いや、なるほど」

聖女のおじいさまは最初驚いたようだったが、何かを確かめるように聖女をしげしげと見て、納得したようだった。

ただ、そのときに気づいたのだが、彼の瞳は全く動いていないように見える。

「あの、失礼ですが。お目が悪いのですか？」

「ああ、全く見えん。だが心配することはない。魔力を媒介にして、外界の様子は見えている」

やはり彼の真っ白な目は対象を映していなかった。

なるほど、視界を魔力で補っているのか。

しかし、それにしては全く魔力を感じないのが不思議だが。

「確かにミュリアの気配もある。しかし、お前もだがドラゴンの気配がやたら強いな。とうとうドラゴンがここに直接乗り込んで来たのかと思ったぞ」

えらく物騒な冗談を言う人だな。

「ええ、いろいろあったのです。でもちゃんとおじいさまのミュリアです」

「そうか、聖女となったと聞いたが、お役目が終わったのか？」

聖女がおじいさまと呼ぶ男は、その大きな手を聖女の頭に乗せると、優しく撫でた。

本当に見え・て・い・るようだ。

「いえ、今は勇者さまと共に地に安寧をもたらす旅をしています」

「ほう、勇者が誕生したか」

気配がまた変わる。

一旦は収まった肌をピリピリと引きつらせる危険察知が、再び全身を襲った。

体が何度も緊張状態になるので、そのたびに筋肉が引きつれるような痛みが走る。

「んー？　そやつか。しかしまた、ドラゴン臭いな。しかもそこにいるのはドラゴンの幼体か？」

勇者をぴたりと当てると、そのまま俺のほうに顔を向けて首をかしげた。

「いえ、こいつは、ドラゴンから生まれましたが、ドラゴンではありません。使役獣のようなものと思ってください」

聞かれた訳ではないが、ややこしくなる前に説明しておく。

「ふーむ。なるほど。だからそなたと繋がっている訳か。ふふ、今代の勇者一行はまた、なんとも面白いな。ああ、いや、これは失礼した。自己紹介がまだであったな。わしはアドミニスと言う。見ての通り鍛冶師だ」

俺は黙り込んでいる勇者に肘鉄を食らわせて返事をするように促す。

この集団のリーダーはお前なんだぞ。

「俺はアルフレッドだ」

むくれたような顔のまま、ぼそりと勇者が挨拶を返した。

こいつ。

今から装備を作ってもらうというのにその態度はないだろう。

偏屈な職人の話はよく聞くが、依頼するほうが偏屈でどうする。

「私はテスタ」

「私はロジクルスと申します」

そんなおざなりな挨拶でも、慣れているのか剣聖とモンクが後に続いて自己紹介をした。

空気的に俺が続く流れだよな？

従者として来ているんだからあえて流すのもありだが、ここで俺たちが自己紹介しないのは失礼だろう。

「俺はダスター。冒険者だ」

「同じくメルリルです」

「キュピッ！」

フォルテ、その自己紹介は人間相手には通じないぞ。

「ほう。雇われ冒険者がこのような場所まで来てしまったのか？　ここは奈落（ならく）の入り口かもしれぬのだぞ」

なにやら脅（おど）された。

「師匠は雇われ冒険者などではない！　俺の師匠だ！」

うおっ。

勇者よ、お前は我慢を覚えろ。イラッとしたからって、約束を忘れて吠え掛かるな。

はぁ、はっきりと勇者に師匠と呼ばれてしまった。今さら否定したところで何の意味もない。

俺は黙って相手の様子を窺った。

鍛冶師アドミニスは、さも面白そうにククククと笑う。

「冒険者を師と呼ぶか。ははは、どうやら時代は随分変わったらしい。ところでミュリアよ、そなた、ただ、こやつらをわしに紹介しに来た訳ではあるまい」

ひとしきり愉快そうに笑った後、アドミニスは本題に入った。

勇者の師匠うんぬんに深く突っ込まないでくれたようでありがたい。

「はい、おじいさま。実はドラゴンの素材を加工していただきたいのです」

「ほう？」

う、まただ。

これはおそらく無意識なんだろうが、このアドミニスという男が何かを強く意識するたびに、こっちは鳥肌が立つような圧倒的な恐怖を感じてしまう。

ああそうだ。わかったぞ！

この圧倒的なプレッシャーに覚えがあると感じていたが、ドラゴンだ！　ドラゴンと対峙したときに近い威圧感があるんだ。

まさかこの男、ドラゴンと同じぐらい強いのか？　確かに、ただの鍛冶師には到底見えないが。

「ドラゴンを倒したか、勇者よ」

「違う。友好の証としてもらった」

「ほう！」

アドミニスは、心底驚いたという風にその見えない目を見開いた。

「驚きだ。驚きだよ。ミュリア、そなたたちは素晴らしいな」

「どういうことでしょう？」

「わしは結局奪うことで全てを成した。奪われたものの呪いがこの身を犯し、多くのものを失った。だが、そなたらは違う。友好によって手にしたものはそなたらに祝福を授けるだろう。これは驚くべきことなのだよ」

「ドラゴンはおじいさまを恨んでなんかいませんわ！」

聖女の言葉に、アドミニスはその手をまたそっと聖女の頭に乗せる。

「奴は恨まなかったのかもしれぬ。しかし奪った者は結局は恨みを受けるのよ。残された者、消え去った未来、そういった行き場を失った大きな力がわしから視覚も聴覚も味覚をも奪った。魔法では決して癒やされることのない傷として」

視力だけでなく聴覚や味覚も失っているのか？　それでもなお、これほどまでの強さを放っているのか。なんという男だ。

いや、それどころじゃない。今聖女はなんと言った？　ドラゴンを倒した？　この男が？

「あ、あなたがドラゴンを倒したのですか？　まさかこの遺骸は」

「そうだ。わしが倒したドラゴンよ。ある日、赤きドラゴンが、わしを強者と見て戦いを挑んで来たのだ。ひどい戦いだったが、わしはなんとか生き延び、赤きドラゴンは死んだ」

嘘だろ。人間がドラゴンを倒せるものなのか？

いや待て、さっきミュリアはなんと言った。

千年前、ドラゴンを倒したのは……。

「……魔王？」

思わず漏れた俺の言葉に、真っ白な髪とヒゲ、そして真っ白な目を持つ偉丈夫、アドミニスはニヤリと笑った。

アドミニス、いや魔王は、口元に二本指を当てて見せる。

口外するなという古い合図だ。いや、言われなくても絶対に口外出来ないけどな。

それにしても最近、俺の運命おかしくないか？

ああそうか、勇者のせいだな。

勇者パーティと関わったせいで、俺のような一般人が伝説のなかに紛れ込んでしまったんだ。

半分ぐらいは自業自得であることを理解しながらも、俺は勇者に責任をなすりつけてため息を吐いた。

さっき約束を反故にされたこともあるし、あとで勇者は絶対殴る。

あいつの今後の人生のためにも、あのこらえ性のなさはなんとかしないと。

「まあわしの話はいいではないか。それよりもドラゴンの素材で何を作るつもりだ？」

俺たちは知ってしまったとんでもない事実を、なんでもないことのように流してくれたアドミニスに従って、話を戻した。

荷ほどきをしながら視線を送ると、俺と分け合ってドラゴンの鱗を持って来ていたメルリルと、一番重い爪を運んで来た勇者が、同じように荷解きをしてドラゴン素材を取り出す。

そして、ほの暗い部屋に、魔光を放つ銀白の鱗と黒銀の爪が姿を現した。

うん、見れば見るほど内包する魔力量がヤバい。じっと見ていると意識が引きずり込まれそうになる。

「クルルル」

フォルテが俺の心に同意して鳴いた。

「鱗で全員分の防具とナイフや盾、爪でし……っ、この男の剣を頼む。詳細はこれに」

勇者が作ってもらいたいものを説明した。

どうやら師匠と言い掛けて気づいて修正したらしい。今さら遅いけどな。

「ふむ、ならば鱗の内四枚はほぐして繊維にして、爪は溶かして剣とするか。それぞれのこだわりも詳しく記してあるな。うむ、いいだろう」

アドミニスは指で依頼の詳細が書かれた紙に触れ、文字を辿る。

魔力で文字は読めないだろうと思っていたが、どうやらインクを識別して読んでいるようだ。

とんでもない精密な使い方だ。あんな風に魔力を使える人間など見たことがないぞ。

鱗をほぐすとか爪を溶かすとか本当に出来るのか？　ドラゴンの素材だぞ？

「こちらへ来い。いいものを見せてやろう」

ドラゴン素材をまとめてひょいと持ったアドミニスは、俺たちを誘った。

鱗は軽いが爪はかなり重かったはずだが、まるで花でも拾い上げるような感じだな。

魔力操作だけでなく膂力もあるようだ。

さすが魔王というところか。

工房のなかは、本人が光を必要としないせいか、完全な闇のなかだった。

ドラゴン素材の放つ光と聖女の灯す魔法の光だけが、周囲を照らし出して行く。

手前の部屋は書斎のようだ。膨大な量の書物がある。

今や貴族にとって書物は一般化しているとはいえ、この量は驚きだ。

なかには古いタイプの、木板を彫り込んで、そこに粉にした鉱石を刷り込んで作る書物もある。

……千年か、それはどれだけ膨大な時間だろう。

その間、目も見えず、耳も聞こえず、何よりも味覚がないとか、俺なら耐えられんな。

部屋と部屋との間に扉はなく、次の部屋へ入ると様々な金属や道具、武具などが整然と並べられていた。

その次の部屋が鍛冶工房らしく、大きな炉と鍛冶の設備があった。

しかし、アドミニスはそこでは止まらない。

次の部屋にはドアがあった。

いや、ドアにしては取っ手がない。複雑な紋様が描かれた壁があるだけだ。

そこにアドミニスが手を当てると軽々と開いた。先の隠し扉と同じく、封印紋章（ロック）だろう。

封印しなければならないほど重要なものがそこにあるということだ。よく考えれば、この工房自体も封印紋章（ロック）で隠されていたんだから、彼の存在は本来秘密であるということだよな。

「これだ」

そこにあったのは、ゴツゴツとした岩山のような炉だった。

ここにいる誰よりも背が高いアドミニスだが、その彼をして縦に二人、横に三人並べたほどの大きさだ。

まるで脈動するようにそれ自体が動いていて、そのたびに内部に火が起こり、熱波が周囲に巻き散らされる。

「こ、これは？」

「これこそが、唯一ドラゴンの素材を溶かせる炉。竜心炉（ドラゴンハート）だ」

「ドラゴンハート？　って、まさかドラゴンの心臓なのか」

「そうだ」

生きている。そう錯覚させるように、力強い脈動があった。

なるほど、この世でここにしか存在しない炉が必要なのだとしたら、ドラゴンの素材を扱えるのが彼だけなのは当たり前だ。

「さて、そこに全員並べ。採寸するぞ」

「へ？」

勇者が素っ頓狂な声を上げる。

「全員内着を作るのだろう？　採寸せずに作れると思うか？」

「あ、ああ、わかった許そう」

答えた勇者の全身を、アドミニスが触れていく。

直接？　ああ、見えないから道具を使っても意味がないのか。

と言うか、魔力で型取りしているのか？　器用だな。

ん？　全員ということは女性もか？

「ま、待った。女性たちは男に触れられるのは大丈夫か？」

俺がそう聞くと、モンクとメルリルがハッとした顔をする。

「わ、わたしは男に触られるのは嫌だ」

「私も、出来ればあの……」

「ふ、枯れ果てたじじいに触られるぐらい、枯れ木に抱きついたとでも思えばいいだろうに」

いや、あんた枯れ木に見えないから。むしろかなり危険な男に見えるぞ。

「わかった。そなたらは少々面倒だが肩にだけ触れさせろ。そこから体の表面に魔力を流す。少しくすぐったいがじっとしていろよ」

「あ、ああ」

「はい」

言って、アドミニスはモンクの両肩に手を置く。

「あ、ひゃあ！」

モンクが変な声を上げたぞ。

「おい、大丈夫か？」

不安になったのか、勇者が声を掛けた。

「だ、大丈夫。我慢出来る」

すごく無理をしている顔だ。

俺はメルリルを見た。彼女は泣きそうな顔をしながらも、気丈にこっくりとうなずいてみせる。

古(いにしえ)の魔王といえど、わざとだったら許さないからな？

全員がなんとも言えない思いをしながらも、採寸を終える。

実際に触れられてみてわかったのだが、アドミニスは黒い底なしの穴のようだった。

そこから溢れ出す魔力が体に触れると、冷たくも熱くもないのにゾクゾク全身に震えが走る。

普通は他者の魔力に直接触れると、弾かれるような拒絶反応がある。だが、アドミニスの魔力には、自分が溶かされてしまうのではないかと不安になるほどの酩酊感があった。

これが自らは魔力を持たず、周囲の魔力を自分のものとして使ったという伝説の魔王の力なのだろうか？

俺たちがここでやるべきことが終わり、後はアドミニスに任せるだけとなった。

彼が言うには三日ほどで出来上がるらしい。

「言うまでもないだろうが、ここに来ていることを城の者に悟られるな。ミュリアもだ」

「はい」

ミュリアが力強くうなずいた。

「それで、代金だが」

アドミニスの言葉に、俺たちは覚悟を決めて、ショックを受けないように備えた。

ドラゴンの装備の代金なのだ。素材は持込みとは言え、とんでもない金額になるに違いない。

さて、俺の一生の稼ぎで足りるのか？

とりあえず勇者に借金をするのは間違いないな。弟子に借金する師匠とか有りなのか？

「条件は二つ。ドラゴンの装備が完成する前に一つ。完成してから一つ。頼みがある。出来ればでいいが、わしの望みを叶えて欲しいのだ。おそらくこの機会を逃せば、この後また永い歳月を待つことになるだろうからな」

「どういうことだ？」

勇者がいぶかしむように尋ねる。

その勇者の問いに対する答えは、驚くべきものだった。

「完成後の頼みを先に話そう。ドラゴンと戦って倒してもらえないだろうか？　本当の意味で、ドラゴンを倒せし者（スレイヤー）になってみないか？」

言っている意味がわからない。

「ドラゴンとは友好を結んだ、と言ったはずだが？」

勇者が少し怒ったような言葉を放つ。

アドミニスは、ククッと笑った。

「もちろん、お前たちの努力をふいにしようという話ではない。正確に言えば、赤いドラゴンの亡霊かな？」

「亡霊だと？」

「わしにはドラゴンの呪いが掛かっていると言ったであろう？　その呪いを解くには、元凶である赤いドラゴンの亡霊と戦って倒す必要がある。本物よりだいぶ力は落ちるだろう。そなたたちがドラゴン装備を身に着ければ、倒せないことはないはずだ」

「危険はないのか？」

とんでもない話だが、勇者は恐れる様子もなくさらに尋ねた。

こういうときの恐れを知らぬ姿はさすが勇者と言えるだろう。

「危険はある。魂の死の危険がな。戦いは幻だが、現実でもある。その戦いのなかで傷つけば魂が傷を感じるし、死ねば魂が死ぬだろう。身体は無事だがな」

「俺はかまわない」

おい、勇者！

「だがほかの者はダメだ。そんな危険を冒させる訳にはいかない」

うぬっ。

「勇者殿。その言葉は聞き捨てならない。訂正して欲しい」

俺がそう言うと、勇者は驚いたような顔になった。

「なぜだ！」

「その言い方はパーティの皆を仲間ではないと言っているのも同じだ。まずは仲間と話せと、俺は言わなかったか？」

少し、怒りの感情も混じっていたかもしれない。

こいつは、勇者は、一人で突っ走りすぎる。そのたびに仲間たちがどう思うのか、どう感じるのか、全く理解していない。

「あ……」

俺に言われて、勇者は自分の仲間たちを見た。

真剣な顔で勇者を見つめる剣聖に、肩をすくめるモンク、そして泣きそうな顔で祈りをささげるように両手を握っている聖女を。

「う、む、悪かった。……その、アドミニス殿。仲間たちと話していいか？」

「当然だ。きちんと話し合え。どうせ装備や武器が出来上がった後の話だからな。それと、これを」

鷹揚（おうよう）にうなずいて見せたアドミニスは、何かを部屋の片隅の箱のなかから取り出した。

「なんだ、これは？」

一見水晶の結晶に見えるものを渡されて、勇者がいぶかしげに確認する。

「これが完成前に頼みたいことだ。それは音と情景を保存する魔道具だ。触れながら『記録（リコード）』と言えば収録が始まり、『願う（エンディ）』と言えば終わる」

俺を始め、勇者も含めて全員が理解出来ないといった顔をした。

「わしの人生にはもはや何の潤いもないが、それでも楽しみがあるとしたら、終わりある者たちの紡ぐ物語を知ることよ。金も宝も心を満たしはしない。わしの望むもう一つの対価は、お前たちの綴った人生という物語だ」

「人生？」

勇者は驚いたように問い返す。

「そうだ。それにお前たちそれぞれのこれまでの経験、記憶を語って欲しい。なに、どうせ聞くのはこんなところに引きこもっているわしだけだ。恥ずかしがることもなかろう」

なるほど。あの多くの書物も、長い時間を紛らわすためのものか。

確かに他人の人生は、その人間にしか知りえない物語なのかもしれない。

俺たちはそれぞれがその魔道具を受け取った。

「そうだ。対価とは別に、贈り物をさせてもらってもいいだろうか？」

アドミニスの話を聞くうちに、ふと閃（ひらめ）いたことがある。

「む？」

俺は荷物から一つの木箱入りの小さな壺を取り出した。

本来は勇者たちの物なのだが、まぁまだ我が家に残りがあるんでいいだろう。

「贈り物で悪ければ、手付け、ということで受け取ってもらえないだろうか？　あまり量はなくて一口二口で終わるようなものなんだが、効果があるかもしれない」

アドミニスは素朴で小さな壺を手にして、少し戸惑ったように見える。

「これはなんだ？」

「竜酒です。勇者たちがドラゴンから得た正当な報酬であるドラゴンフルーツから作ったものだ。

あなた風に言えば、祝福の贈り物だな。通常の川を流れて劣化したドラゴンフルーツではない、新鮮なドラゴンフルーツから作った竜酒、すなわち万能薬（パナセ）だ」

劣化した実で作った竜酒ですら、あらゆる病を癒やすと言われている。

エキスが抜けることなく完璧な状態のドラゴンフルーツを使った竜酒は、本当に伝説の万能薬になるのか？　これは俺の好奇心でもあった。決して善意だけのことではない。

それに、ドラゴンの装備を作ってもらうんだ。依頼の手付けに竜酒というのは、なかなか粋な話じゃないか。

アドミニスは驚きに目を見開いて見えぬ目で俺を見た。

いや、アドミニスだけはない、勇者たち、とりわけ聖女、ミュリアが俺を凝視している。

アドミニスは俺の手からその壺を受け取ると、どこか戸惑った様子のまま、ゆっくりと口をつけた。

目を閉じ、喉を鳴らしてごくりと飲み込む。竜酒が喉に落ちるのが見えるようだ。

「……うまい。うまい。ああ、そうだ、これがうまい酒というものだった」

屈強な男の目に涙が溢れる。

見開いた目には色があった。ミュリアとよく似た、薄い青、冬の空のような色だ。

「手付けに大層なものをもらってしまったな。これではドラゴンと戦えと無理強いも出来ない」

「いや、実を言うと俺の好奇心もあったんだ。本当に万能の薬なんてものが存在するのかってね。俺たちが飲んでも、ただのものすごくうまい酒にすぎないし」

俺が言うと、アドミニスは笑った。

「ただのものすごくうまい酒か。それは、何ものにも代えがたい価値あるものだろうに。ならばわしも少しサービスをしよう。庭にそなたらの幻影を出しておいた。行き先を尋ねられたら庭園を見ていたとでも言っておけ。それと戻りのルートから人払いをしておく。安心して戻るがいい。装備が出来上がったら連絡をするゆえ、そのときも人払いをしてやろう」

「それはまた大判振る舞いだな」

勇者が呆れたように言った。

いや、お前普通に返しているけど、今アドミニスが言ったようなことって、魔法を使えば当たり前に出来ることなのか？

俺は仰天して、一瞬思考と言葉が浮かばなくなったぞ。

「たいしたことでもないさ。ここの辛気臭い様子も次に来るまでにはなんとかしておこう。せっかく見えるようになったのだしな。……さて、ミュリアよ。そなた、勇者殿と旅して辛くはないか？」

「おい」

アドミニスが聖女に尋ねるのを聞いて、勇者がイラッとしたように声を上げた。

いや、どのくらい代が重なっているのか知らんが、仮にも自分の子孫のことだから心配するのは当然だろ？

別にお前に思うところがある訳じゃないと思うぞ？

まぁ、全然思うところがないこともないだろうが。

「いいえ、おじいさま。わたくし、大聖堂では息が詰まる思いをしていましたけれど、勇者さまと剣聖さま、そしてテスタねえさまと一緒になってからは、毎日がとても充実しています。それにお師匠さまやメルリルさんとも知り合えて、素晴らしい経験をしました。みんな、とても素敵な方々ですわ」

どさくさに紛れて、聖女まで俺を師匠呼ばわりしてしまった。

まぁ、ここで訂正するのもおとなげないし、出た言葉は引っ込められない。どうにもならんが。

「そうか。その魔道具にそういう気持ちをたくさん込めてくれるとうれしい。そなたの幸せでわしもあたたかい日々を過ごせるであろう」

「はい！」

あたたかい日々……か。

彼、アドミニスは、本当に千年の時を生きて来たのだろうか。そしてこれからも生き続けるのか？　到底俺には想像出来ることじゃないな。

「世界は因果の流れで出来ておる。今回の件も縁であろう。装備が完成した暁には、そなたらに伝えたいこともある。運命を背負った者として今後の手助けになるはずだ」

「ありがとうございます」

剣聖が深く膝を突いて礼をする。

アドミニスの堂々たる態度に、何か感じることがあったのだろうか。

そう言えば、剣聖はもともと騎士志望だったということだ。

敬意を払うべき相手には膝を突くことを恥とはしないのが、騎士という人種だからな。

俺たちは剣聖ほどではないものの、一礼をすると、そのままアドミニスの工房を後にした。

彼の言った通り、帰り道では誰にも遭遇せず、なんだか無人の城を歩いているような変な気持ちになった。

これ、本当に魔法でやっているのか？　どういう原理なんだ、結界の一種か？

無事勇者の部屋へと戻った俺たちは、交代していた入り口の騎士に挨拶してなかへと戻る。

どうやら掃除でもしたらしく、人が入った形跡があった。

疑うのもなんだが、クローゼットの荷物をチェックしておくように勇者たちに言いおいて、俺は隣の使用人部屋にメルリルと戻った。

「こっちは掃除してないっぽいな。従者の部屋だから自分でやれってことか。荷物も特にいじられてないし」

「どうしてわかるの？」

俺の独り言にメルリルが反応した。

「ドアの隙間にはフォルテの羽を挟んでおいたし、荷物の上にも小さなものを置いておいた。人が入ったり近づいただけで落ちてしまうから、すぐにわかるさ」

「いつもそうしているの？」

メルリルが目を丸くして尋ねる。

「そもそも冒険者の使う宿ってのはあんまり安心出来ないんだ。自衛しとかなきゃ奪われ放題になっちまう。それで癖になっちまってるんだな。だがまぁ特にメルリルは女性だから、自衛はしておくに限るぞ。だいたいは俺がついているからいいんだが」

「はい！　ダスターがいるので安心です。でも、頼り切りにならないように私も工夫して用心するようにしますね」

「ああ、用心しすぎってこともない。特に冒険者は用心深くないと生き残れないからな」

「はい！」

「ピュイ！」

「おう。お前もがんばれ」

フォルテにおざなりに返事をしたら、それに感づいて額を突かれた。

いてぇだろ！　そもそもお前がどう用心するんだよ！　荷物持ってねえだろうが。

そんなことをやっているうちに、どうやら勇者たちも確認が終わったようだ。さて、茶の用意でもするか。例のアドミニスの提示した代金の件を話し合わないとならんし。

そう考えていると、勇者の部屋に人が近づいて来た。

「失礼いたします。入室してよろしいでしょうか？」

ノックの後に女性の声が問いかける。

「ああ」

勇者がぞんざいに返事をした。またつっけんどんなモードに入っているようだ。

扉が開く音がして、人が一人入室する気配があった。

「みなさまお揃いのようで、ちょうどよろしゅうございました。二つほどお申し入れがございます。一つは我が城の騎士団より、勇者さまと剣聖さまからのご指導を賜りたいとの申し出。もう一つは奥方さまより、女性のかたがたをお茶にお誘いしたいとのこと。どういたしますか？」

「俺は断る」

勇者が即座に返す。少しは考えてやれよ。

「では、私でよろしければ騎士団のみなさまのお相手をさせていただきましょう」

すかさず剣聖が勇者のフォローをする。

慣れているな。きっといつものことなんだろう。

「私はお母さまとのお茶は問題ありません。テスタねえさまはどうします？」

「わたしもお供いたします」

あれだな、モンクは聖女を守るつもりでいるっぽいな。

でもここ、聖女の故郷なんだから、むしろ守られるべきはお前さんのほうだと思うぞ。

「うけたまわりました。それでは、後にお迎えにあがります」

使いの女性が退室した。

残るのが勇者だけというのは頭が痛いな。

剣聖がいないとやりたい放題というか、なんというか……。

あ、そうだ、いい機会だから少し説教しておくか。さっきの約束破りもあるしな。

「茶を用意するつもりだったが、どうする？　ミュリアとテスタは茶会なら飲まないほうがいいか？」

隣に顔を出して聞いてみる。

「いえ、いただきます。お茶会というのは飲むよりも話すことがメインですから、すぐにお茶が冷めてしまうのです。お師匠さまのお茶、私好きですし」

「お、おう、ありがとう。テスタは？」

「私もいただく。偉いひとばかりのお茶会なんて、まともにお茶を楽しめる訳ないからね」

「そうか」

「俺も師匠のお茶を飲むぞ！」

お前には聞いてない。……にしてもあれだな。

みんな神経を尖らせて工房まで行って疲れているのに、この後、さらにあまり好意的じゃない城の連中の相手をするとか、大変だな。

約一名は、自分の思うまま拒絶したが。

身分差を考えると、他の連中が断れないのは当然とも言える。

ならまぁお茶は甘味のあるものがいいだろう。

「この後、あの提案の件について話し合いと思ったが、逆に気持ちを切り替えられるんで、別のことをした後に話したほうがいいかもしれないな。アルフはどう思う？」

「ああ、今日はもういらんことを考えるのはやめておいたほうがいいだろう。ことがことだしな」

全員が賛同してうなずいた。

よしよし、それなら俺は隣で茶葉選びといくか。

ん、これ、かすかにバラの香りがするな。こんな機会でもないと飲めないような高級な茶葉だ。これにするか。あと、簡単な焼き菓子でも焼いてやろう。

そんなこんなで、俺たちは少しの時間、茶を飲みながら歓談し、そのあとそれぞれの用事をこなしたのだった。

あとから聞いた話だと、剣聖もモンクもかなりいろいろ探られたらしい。

城の人間はやはり聖女の様子と勇者の気質が気になるようだ。

知らない相手に対する接待に加えて、情報収集に対する適切な対処をしていたとか、お疲れさまとしか言えないな。

そして勇者、お前はもう少し仲間をフォローしろ。

ちょっと注意された程度で叱られた犬みたいにこっちをチラチラ見ながらいじけるのをやめろ。

そもそも説教中に茶と菓子のおかわりを要求する図太さがあるんだから全然平気だったろうが。

まったく。

俺とメルリルは勇者たちの従者ということでほぼ放置されているんだが、勇者たちはそうはいかなかった。

ここへ来て三日間で俺とメルリル、フォルテがそれぞれ下働きの者たちから集めた情報と、勇者たちがネチネチと言われたことを考え合わせてみると、どうやらこの城の人たちは聖女にここに残って欲しいらしい。

彼らからすれば、聖女は無理やり危険な勇者の旅に付き合わされているという認識のようだ。

聖女自身がどんなに否定しても、彼女は優しいからという理由で信じてもらえないとのことだった。……親の愛情も過ぎれば子どもの重荷でしかないな。ご苦労さま。

「お父さまもお母さまもわたくしを説得することは諦めたようなのです。その代わり強硬手段を取りそうで……」

「強硬手段と言うと？」

「初日の眠りのハーブは侍従の独断だったようなのですが、今度は城ぐるみでなにやら画策しているようで困っています」

「そのときは強行突破だ」

勇者がぼそりと怖いことを言う。

いや、洒落にならないからな。

仮にも聖女の実家なんだから。

「そのときはあの魔……じゃなかった、アドミニス殿に頼んでみたらどうだ？　それなりに影響力はあるんだろう？」

俺の言葉に聖女がさらに困った顔になる。

「おじいさまは政に関わりを持ちませんし、表に出て来ることもほとんどありません。身内ですら、本来のお立場を忘れているような有様なのです。ただ、特殊な魔道具や魔法の武具はおじいさましか作れませんから、偏屈で優秀な職人のような扱いです」

「自分たちのご先祖を他人のように感じるとか。……いや、あまり関わらないなら、たとえ血が繋がっていても他人と同じようなものか」

「そういうのは俺もわかる」

意外にも勇者が共感を示した。

「一緒に過ごすこともなく、話もせず、食事も共にしない。そういうのはもう家族じゃない。血が繋がっているだけの他人だ」

ひどく冷たい言葉だった。

「おじいさまは、これまで世捨て人のようにあの真っ暗な工房で過ごされていたのです。でも、本当はお優しい、考えの深いお方です」

「まぁ千年もあんな状態で生きてればなぁ」

俺はしばし考えた。

ちなみに現在は、俺がライ麦粉で作った薄焼きのパンに、腸詰めとハーブと卵を乗せたもので昼の間食中である。

腸詰めと卵とハーブは、この城の調理場で、手持ちの調味料と交換で分けてもらったものだ。

茶は棚にあった少し苦味があるものにした。

そろそろ棚にある茶葉を制覇出来そうだ。

フォルテがいっちょ前に皿に出してもらった自分の分を器用に脚とくちばしを使って食っているのを眺めながら、少し考える。

今や城全部が敵のようなものだし、聖女を連れての脱出は難易度が高いな。

とは言え、今すぐどうこうという話ではない。とりあえず装備が出来るのを待って、行動するのはその後だろう。

幸い城の人間も勇者を害しようとまでは思っていないようだし。

「ミュリアは家族に愛されているんだ。それは少し、うらやましく思う」

「勇者さま」

「しかし、今のミュリアの所属は大聖堂だ。勝手に城に引き止めたら大問題だぞ」

モンクがため息をこぼしつつ言った。

彼女は聖女と同じく大聖堂出身だ。内部のことに詳しいのだろう。

「そりゃあそうだが、今さらだろう。そもそも最初からミュリアの件は揉めてたらしいし」

「そうなのか？」

「俺、前に師匠に辺境伯のところからの聖女候補は三歳になったら引き取られる、って話をしてただろ。でもミュリアが大聖堂に入ったのは五歳だった。おかしいと思わないか？」

「いやすまん、最初にその話を聞いたとき、ヤバい話だと思って忘れるようにしてたから」

「え～」

いやだって、お前、いかにも重大な秘密のように言ってただろうが。

まぁ今となっては数多くのヤバい話の一つでしかないけどな。

「すっげえ揉めたらしいぞ。大聖堂の使いを一度ならず追い払ってさ」

「お恥ずかしいです。わたくし、その頃何も知らなくて」

いや、三歳とか五歳とかの話だから、聖女が知っていたら逆にびっくりするぞ。

「アルフは聖女と会ってからそのことを知ったんだろう？　それにしては詳しいな」

「大聖堂で暇だったから禁書庫に忍び込んで、いろいろな記録を読んだりしてたからな」

「……勇者」

剣聖が情けなさそうな顔をしてたしなめる。

うんうん、わかるぞ。

それ、勇者のやることじゃないからな。コソドロかよ？

てか、お前王城の禁書庫の記録も読んだとか前に言ってたよな。

どんだけ禁書庫好きなんだよ。

「あんまり無茶するなよ」

「俺は隠し事をされるとそれを暴いてやりたくなるんだ」

「最悪な性格だな。……こら、皿を舐めるな行儀が悪いぞ！　お前、元大貴族だろうが！」

勇者が腹を空かした子どものように皿を舐めたので注意する。お前、本当に犬か何かじゃないだろうな？

「じゃあおかわり」

「じゃあってなんだ。おかわりはない」

「え～っ」

「え～じゃない」

ほんと、こいつ高位貴族として作法にうるさい生活をしていたのか？　どっかの浮浪児だったんじゃないだろうな？

「さて、腹も満ちたところで、大事な話をしようか」

「ドラゴンを倒せって話か？　あれって、もういいんじゃないか？」

勇者が意外なことを言い出した。

「なんでだ？」

「呪いを解きたいからって話だったろ？　師匠が治したじゃないか」

「ああ、なるほどな」

そうか、あの目が見えなかったりしたのが呪いだったら、もう解消したことになるのか。

「いえ、それは違うと思います」

聖女が俺たちの楽観を否定した。

「おじいさまの呪いの本質は、ドラゴンの魂をその身に取り込んだことにあるのです。おじいさまの肉体が変化しなくなってしまったのは、そのせいだと聞いたことがあります。感覚が閉ざされたのは、ドラゴンと戦っていた最中のことなのだそうです」

「なるほど……ん？　ということは、もしかして呪いを解いたらアドミニス殿は……」

俺は、アドミニスが死んでしまうのでは？　と言いかけて、聖女の顔を見て口を閉ざした。

そうか、聖女はわかっているんだ。

わかっていて、アドミニスの呪いを解いてやりたいと思っている。

全員がそのことに思い至ったのか、場の空気が少し重くなった。

だが、約束は今日だ。

ずっとなんとなく避けて来た話題だったが、なんにせよ、全員の意思を統一しなければならない。

「どうする？　ちょっと卑怯かもしれんが、この件はお前が決めるべきだと思うぞ、アルフ」

「む、俺は自分だけならドラゴンとの戦いを選ぶつもりだった。だが、ほかのみんなの気持ちを聞かずに一人で決めてしまうのはリーダーらしくなかったな。その点をまず謝罪する」

勇者が全員に向かって頭を下げた。

「私は勇者の気持ちはわかっているつもりです。そして、私自身の気持ちも把握しています。……私はドラゴンと戦ってみたい。自分の力を試してみたいのです」

剣聖が静かな闘志をたたえた表情でそう言った。

さすがは剣に全てをかけた男だ。

普段はひっそりと静かにしているが、戦いに対する情熱は勇者パーティでは一番だろう。

「私は聖女さまに従うよ。私が守るのはミュリアだからね」

モンクが、いつものように少し突き放すように言う。

「わたくしは、もちろん勇者さまと共に戦います。そのために共にいるのですから」

聖女は揺るがない態度できっぱりと答えた。

なんだかんだと言って、一番年若い聖女が、実は一番精神的には強いのかもしれない。

さて、俺の番か。

「俺は戦いたくないんだが、対価のために戦うというのは冒険者にとって当たり前のことでな。まぁ相手が相手だが、ドラゴンの剣の対価としては妥当だろうな」

「師匠！」

勇者がうれしそうだ。いや、お前のためじゃないからな。

「私も共に戦います。あまりお役に立てないかもしれませんけど」

メルリルがきっぱりと言った。

俺としては止めたいが、それは仲間の意向を無視することだ。

メルリルの目を見てうなずくと、うれしそうに微笑まれた。

ああ、やっぱり不安しかない。

「ピャッ、クルルッ、ピッ！」

フォルテが張り切って自分もやると言っている。

だがな、お前の言葉は俺以外には伝わらないからな。空回りしてるぞ。

さて話はまとまった。

本物ではないとはいえ、まさかドラゴンと戦うことになろうとはな。

『出来たぞ。ルートは確保した。疾く来い』

「っ！」

急に聞こえて来た声に全員がキョロキョロと周囲を見回した。

「あ、今の声、アドミニス殿か」

どうやら頼んでいた装備類が出来たようだ。

「ええ、おじいさまですね」

「くそ、どうやったか全くわからん」

勇者が鼻の付け根にシワを寄せて、唸るように言った。

確かに魔力の流れさえ感じなかったな。

それより、急にささやかれるとびっくりするからやめてほしい。

さて、ドラゴンとの戦いは不安しかないが、それとは別に、やはり剣がどうなったか楽しみだ。

約束通り、到着まで誰にも会うことなく、アドミニスの工房に到着する。

ほんと、どうやってるのか全くわからない。いっそ恐ろしいぞ。

三日ぶりの工房だが、その様子の変わりように驚いた。

まず灯りがともっている。

花のような形をした飾りが柱に取り付けられていて、そこから眩しすぎない光がこぼれていた。

これって魔道具か？　俺らの装備を作っている間にこれも作ったのか？

さらに高級感はあったが、古く重々しかったソファー一式が、鹿革のような明るい茶色のふわふわした手触りのものになっていた。

とても座り心地がいい。

全員の前にカップが置かれるが、これも木製や金属のものではなく、どうも陶器のようだった。

ただし美しいが、かなり古いものだ。

陶器はほとんど大陸の東でしか作られていない。

貴族でも滅多に所有していないような高級品じゃないか？　これ。

え？　これで茶を飲めって？　うそだろ？

「さっそくだが、品物をあらためてほしい」

アドミニスはそう言って、注文していた装備品一式を並べた。

それらはとてもじゃないが、元がドラゴンの鱗だったとは思えないような品々だった。

まるで鳥の羽か水晶から作った糸で編まれたもののように、繊細で美しい。

「これが……ドラゴンの鱗から作られた装備？」

内着は手に取ると、何も持っていないと錯覚するように軽い。

やわらかくしなやかな手触りだ。

そして何よりも、内部にとんでもない魔力が秘められているのがわかる。

ただし、それは常に放出しているのではなく、内に秘められていた。

「きれい……」

思わずといった風に、モンクが声をこぼした。

特殊な繊維ゆえか、光をまとったその表面は陽の光を受けた水面のようにきらめいている。

「これは、内側に少し重みのある素材を足しているのか」

剣聖が自分の盾を試しに装着してみていた。

「そうだ。ドラゴンの鱗が軽すぎたので竜結晶を板状にして貼り付けた。どちらもドラゴン関連の素材だから相性がよくってな。その盾は物理的な攻撃を防ぐのはもちろん、魔法を吸収して放出することも可能だ」

「え？」

「簡単に言うと魔力を反射出来る」

「は？」

剣聖が放心したように盾とアドミニスとの間に何度も視線をさまよわせた。

そう言えば、剣聖は魔力がないのが唯一の弱点だったな。

この盾をうまく使えばその弱点がなくなるんじゃないか？

うわぁ、今でもとんでもなく強いのに、この上まだ強くなるってか。

「この籠手、ドラゴンの鱗のようですね。変な言い方だけど」

モンクが籠手を装着しながら言った。

確かにドラゴンの鱗を使って作られているのだから、ドラゴンの鱗みたいだと言うと当たり前だと思われてしまうかもしれない。

一度ほぐしたものをわざわざ表面を鱗状に処理しているので、そういう感想になったようだ。

「その籠手は魔力を溜めておくことが出来る。紋章持ちのそなたなら、殴打の威力を数倍に跳ね上げることが出来るだろう。頑張って使いこなせ」

「え？　ええっ！」

おおう、籠手もそういう特別な機能付きか。

「三本頼まれていたナイフだが、全員分六本作った。サービスだ」

「っ！」

受け取った勇者が思わず息を呑んだ。

それほどそのナイフは美しかった。

一見、銀のナイフのようにも見えるが、光沢が全く違うし、向こうの風景が透けている。

さらに柄のところに装飾が施されていて、花咲く野に優美に眠る白いドラゴンが描かれていた。

勇者は無言のままそのナイフを全員にくばる。

「え？　私にも？」

メルリルが驚いたように受け取った。

「そりゃそうだろ」

いつも通りそっけない勇者だが、口元がゆるんでいる。

うれしいんだな。

俺のところに来たときには、もはや隠す気がない全開の笑顔だった。

「お揃いだな！」

そこか？

いや、いいけどな。全員に揃えたものだから全員とお揃いだぞ。

「切れ味がいいから気をつけろ。竜結晶の鞘をつけておいたから、普段はその上にさらに革のカバーでもつけておけ」

「ああ」

ナイフは切れ味がいいだけか。

なんとなくホッとする。

「そしてミュリアと、その森人の女性に頭を守る防具としてこれを作った。頭巾をとのことだったが、ずっと装着していてもおかしくないようにヘアバンドの形にしたぞ。戦いの場だけでなく、普段でも身を守るものは必要だろう」

「それはありがたい」

思わずお礼を言ってしまった。

二人のための装備品は水晶で出来た鳥の羽のようなヘアバンドだ。

重さがないので頭に着けていても異物感がなく、見た目も派手すぎないおとなしめの装飾に見える。

「それは魔法の攻撃も剣の斬撃も防ぐ。とは言え、過信はするな」

「はい、おじいさま！」

「ありがとうございます」

おおう、小さなものなのにかなり強力な防具にしたな。

やはり孫（？）が可愛いからか。

「さて、そなたの防具だが」

「はい」

おう、こっちに来た。

「左肩から胸全体を覆う上半身用の防具だ。見た目が豪華にならないように表面は闇大トカゲの革を使った。闇大トカゲの特性であるカモフラージュ能力を反映して、ドラゴンの魔力と連動させ、そのときに装備している服装に溶け込んで目立たなくなる目くらましが掛けてある。ベースはもちろんドラゴンの鱗だ」

「おお」

受け取って装着してみる。

闇大トカゲの革は薄く表面に貼ってあるだけなので、恐ろしく装着感が軽い。

俺が装着すると、さっそくフォルテがカバーしている左肩に舞い降りた。

おい、まるでお前のための場所を用意したみたいな顔で居座るな。

「クルルルル」

「ふむ、相棒も気に入ったようだぞ」

「……ありがとうございます」

いや、いいんだけどな。

「それで最後にそなたの剣だが」

「お、はい！」

おう、思わず声を上げてしまった。

まるで若い頃に戻ったような気持ちの昂ぶりを感じる。

というか、実は最初から、俺は自分の剣を探していたのだが、並べられているなかにはなかったので気になって仕方がなかったのだ。

アドミニスは空間から何かを掴むような仕草をして鞘付きの剣を取り出した。

今何をどうやったんだよ！　それになんでわざわざそんな演出にした！

取り出し方はともかくとして、その剣は注文通り、大きなナタのような重量感のある造りだった。

「抜いてみるといい」

「はい」

鞘からするりと抜ける。剣自体は重みがあるのに柄を握って振るうと軽い。

抜き身の剣は、光を吸い込むような闇色に、銀のきらめきが散っている。

そこから水の波紋が広がるように魔力がサアァと広がった。

リーンリーンと、か細い鈴の音のような美しい響きが、耳ではなく体内の魔力に反響する。

「その剣、銘を『星降り』とした」

「星降りの剣」

俺がそう告げると、剣から発していた音がやむ。

手にしっくりと来る重さだ。

バランスも握りもちょうどいい。

一振りする。

全く抵抗を感じない。

するりと空間を断った。

「ん？　え？」

振るときの重さを感じない。

ぞくりとするような一体感があった。

「うむ。まるで生まれたときから共に在ったようではないか。それがそなたの剣よ」

アドミニスの言葉に、俺は美しい愛剣、『星降り』を見つめた。

魔力が星のような光となって瞬き、それが喜びの声を上げているかのようだ。

「さて、品物は満足していただけたかな？　問題があるようなら手直しも出来るぞ」

「あの、内着を着てみたいのですが、どこかお部屋を貸していただけませんか？」

メルリルが遠慮がちに尋ねる。

モンクと聖女も一緒にうなずいている。

それはいいな、女性陣がいない間にこっちも着替えられるし。

まぁ男の上半身裸なんぞ別に見られてもどうでもいいんだが。見るほうとしてはどうでもよくないだろうし。

「ならばその横にある部屋を使うといい。わしの書斎だ。扉もつけたからな」

「ありがとうございます」

メルリルは丁寧に礼をすると、モンクと聖女を誘って一緒に扉の向こうに消えた。

勇者がじぃっと扉を見ているから睨んでやったら、ブンブンと首を振って何かを否定している。

いや、お前の年頃なら気になるのは当然だから別にいいけどな。

だが、魔法を使って覗いたら木から吊るすからな？

「俺たちも着てみるか」

「コホン、ああ」

話を向けると勇者が応じ、剣聖が笑いながらうなずいた。

魔王……じゃなかったアドミニスはニヤニヤしながら俺たちを見ている。

よく考えたらこの御方には女性陣の着替えも見えているんじゃないか？　まぁ今さらそんなこと気にしても仕方なくはあるが。

着てみると、内着は伸縮して体にぴたりと吸い付くようだった。

着てしまうと着ていることを忘れてしまうような着心地で驚く。

あの硬いドラゴンの鱗からなんでこんなやわらかい服が作れるんだ？

俺はドラゴンの鱗のナイフを取り出して内着の端っこを切ってみた。

あ、切れた。んんっ？

「これ、は」

アドミニスは俺の様子を見てこらえきれないという様子で笑い出す。

「いや、絶対誰かやるだろうとは思っていたが、一番年上のそなたがやるとはな。なるほど」

ドラゴンの鱗のナイフで傷ついた内着は、手を離した途端、その傷が見えなくなった。

もう一度触ってみても傷が探せない。

「これはどうなっているんですか？」

「どうということはない。ドラゴンの特性である反射的自己修復を特性として残してあるのさ」

嘘だろ？　ドラゴンの自己修復って意識してやってるんじゃなかったのかよ。反射的って、つまり自動ってことだよな？

「この特性はな、死骸からだと取得できないのだ。この鱗には生きたドラゴンの魔法の力がこもっていた。だから出来たことだ」

「待ってください。ということは全部のドラゴンの鱗の装備がそうなんですか？」

「当然だな」

剣聖の驚いたような質問にアドミニスは軽く答える。

そして次に俺を見て告げた。

「それとその剣も修復するし、成長もするぞ」

「は？」

「生きてるからな」

「……全く意味がわからないんですが」

「まぁ使いながら理解してやってくれ。お前の相棒だしな」

「ギャア！」

アドミニスが相棒と言った途端に、フォルテが抗議するように鳴いた。

「おおこれは失礼。別にそなたをないがしろにした訳ではないぞ？」

「キュルルルル」

「そうか、よい主なのだな。そなたはどのドラゴンよりも数奇な生を送るであろうが、それもまた善きこと」

「クルルッ」

「うむ、その通りよ」

アドミニスがフォルテと意気投合している。

言葉わかるんだな。まぁそりゃあそうか。

最近わかって来たんだが、おそらくフォルテは、魔力を直接接触させることで意思を伝えているんだと思う。

魔力に関して、おそらく誰よりもエキスパートであるアドミニスに理解出来ないはずはないのだ。

そうやっている間に女性たちも戻って来た。

「おどろきました。すごく着心地がいいです。おじいさますごい！」

「おお、そうかよかったな」

聖女に褒められて相好を崩す魔王。今俺は奇跡的で不思議な光景を見ているんじゃないかな。

まぁ言ってしまえば孫に相好を崩すおじいちゃんな訳だが。

俺たちはさっそく装備を整え、アドミニスに向き合う。

「それで、対価の件だが」

勇者が口火を切った。

「うむ。どうするか決めたか？」

「ああ。俺たち全員でドラゴンと戦うことには異議がない。ただ、一つ、確かめたいことがある」

「ほう？」

アドミニスは勇者の言葉を、まるで予想していたかのように穏やかな顔で聞いた。

すっと、聖女が歩み出る。この問いを発する役目を自分のものだと譲らなかったのだ。

「おじいさま。わたくしたちがドラゴンの呪いを滅したら、おじいさまはどうなってしまわれるのですか？」

「なるほど。そこに思い至ったか。そなたたちは心優しき者たちだな」

そう、アドミニスはドラゴンの呪いで肉体が変化することなく千年を生きたと言った。ならば呪いが解ければ、その千年の時が彼を殺してしまうのではないか？　俺たちはそう考えたのだ。

「おじいさま。せっかく見ることも聞くことも、そして味わうことも出来るようになられたのです。今から失われた時間をお楽しみになったとしてもいいではありませんか」

聖女が、いや、家族を愛する一人の娘であるミュリアが、懇願するように言った。

「フッ、フハハハハハハッ！」

突然アドミニスが大笑いをしたので、全員が飛び上がって驚く羽目になった。

「おじいさま！」

「いや、すまん。そんな風に心配してもらえるとは、わしもまた、人間だったのだなと、なにやらこそばゆくなったのだ」

ぷんぷんと怒る聖女に、アドミニスは微笑みながら謝った。

「心配するでない。呪いが解ければ、後は普通の人間と同じように肉体に時が戻るだけの話。すぐに死ぬ訳ではない」

「本当に？　偽りでしたら許しませんからね！」

聖女の怒り方があまりに可愛いので、俺すらも微笑ましくなってしまう。だが、ここで笑う訳にはいかない。真剣な場面だ。

「偽りではない。そもそもドラゴンがそういう生き物でな。彼らは役割を受け継ぐとその段階で肉体の変化が止まり、次代に世代交代すると共に肉体に時が戻る。そういう生き物なのだ」

それはまた不思議な生態だ。

ドラゴンについては謎なことが多いが、盟約を交わし、あまつさえ倒してしまった人だけあって知識も豊富らしい。

「わしが倒してしまったせいで、こやつは次代との交代も出来ず、永続の性質を血を被ったわしと分け合ってしまったのよ。呪いを切り離さねば、わしらの時は止まったまま。世界からはじき出された存在として幽鬼のように存在し続けるしかない」

「事情はわかりました。ミュリア、いいか？」

誰も何も言わないので、仕方なく俺が口を出すことにした。

聖女にはまだ迷いがあるようだったが、俺を見て、勇者を見て、仲間たちを見渡して、最後にアドミニスを見た。そして、うなずく。

「わたくし、盟約の民、聖女ミュリアは、魔王アドミニスの呪いを解除することをここに誓います」

万感の想いのこもった宣言だった。

「ならば俺も誓おう。魔王もまた一人の民。民の憂いを払うのが勇者たる俺の役目だ」

聖女の宣言に続き、勇者が誓いを口にする。

これはあれか、全員が誓う流れか？

「私も、勇者の仲間として戦い勝つことを誓いましょう」

剣聖が大胆不敵な誓いをする。

「じゃあ私も。ミュリアの、聖女の願いを叶えるために戦うと誓う」

モンクはどこまでも聖女中心だ。

全員の目が俺に向かっていた。くそっ、誓えばいいんだろ、わかったよ。

「俺、冒険者ダスターは、ドラゴンの呪いを絶つことを、この『星降りの剣』に誓おう」

そしてメルリルが後に続く。

「私、ダスターのパーティメンバーである冒険者メルリルは、ドラゴンの呪いを恐れず戦うことを誓います」

実際のところ、メルリルを戦いに加えるのは不安しかない。

なにしろ巫女（メッセリ）の力は戦いに向いてないのだ。

しかしここで止めたら、俺はメルリルを仲間と認めていないことになってしまう。認めない訳にはいかなかった。

「ピャウ！」

フォルテ、お前の誓いは誰も望んでないと思うぞ？　って、痛い！　髪を引っ張るな！

「ならば戦いの場はわしが用意しようぞ。そなたらが全ての力を出し切って、戦える最高の場をな」

そう言ったアドミニスは、パチンと指を鳴らした。

すると、部屋のど真ん中に重厚な木製の扉が出現する。

「これは？」

度肝を抜かれた俺たちだったが、勇者が果敢にもその扉に触れながら尋ねる。

お前、そういうのは何か確認してから触るもんだぞ？

「違う次元に通じる扉だ。扉を消せばこの世界のどこにも繋がっていないゆえ、どんな魔法でも世界に影響を及ぼすことはないぞ」

アドミニスは扉を開きながら、ニヤリと笑ってみせたのだった。

◇　◇　◇

扉をくぐった先にあったのは巨大な水晶の谷だった。

偶然か否か、ドラゴンの棲み処の谷に似ている。

唯一違うのは、頭上に空が見えないことだろう。

ここは閉じた谷、いや、いっそ洞窟と言ったほうがいいか。陽光の下のように明るくて規模がでかすぎるが。

それにしても、おそろしく広い。

これなら巨大なドラゴンが暴れるだけの空間があるだろうな。

「ゆくぞ！」

アドミニスが声を上げると、彼の体から黒い影のようなものが分離して、たちまち広がり、ドラゴンの影になった。

そして、その影に合わせるように、赤いドラゴンの姿が現れる。

見とれている場合ではない。戦いはもう始まっているのだ。

セオリー通り、まず剣聖が盾を構えて前に出る。

例のドラゴン素材の盾だ。

眼前の赤いドラゴンには、そこに在るだけで俺たちを吹き飛ばしそうな圧倒的な魔力があった。

だが、足りない。

ドラゴンをドラゴンたらしめている、威圧。存在の格の違いを知らしめる、心を折るような圧が、この赤いドラゴンからは感じられなかった。

「なら、ただのでかい魔物にすぎない」

自分を鼓舞するために口にして、我ながらそのでかい口に自嘲を浮かべてしまう。

「グォオオオオッ！」

赤いドラゴンが吠える。

空気がビリビリと振動し、周囲に生い茂る水晶が、あちこちでパリンパリンと硬質な音を立てて割れた。だが、剣聖は揺るぎもせずに、ドラゴンに突っ込む。

巨木のようなドラゴンの前肢が、魔力をまといながら剣聖を払いのけようとした。

巨体にもかかわらず、動きが早すぎて、剣聖にその攻撃がぶつかった瞬間にやっと何が起こったか理解出来た。本物に及ばないとしても油断は出来ないということだ。

ガキンッ！　と、堅い金属同士がぶつかったような激しい音が響く。

剣聖は……耐えていた。

ドラゴンの動きを止めている。

「今！」

剣聖の声と共に、勇者が動く。

鋭い踏み込みで一歩を踏み出し、飛ぶように走った。その勇者に追随するようにモンクが走り、背後から聖女が全員に祝福魔法を纏わせる。

完璧なフォーメーションと言っていいだろう。

剣聖への攻撃で動きが止まったドラゴンに、勇者の魔法が放たれた。

「天は贖（あがな）うその罪をっ！　神鳴り響け！　神罰としてっ！」

祈りが呪文となり、勇者の両腕の魔法紋を輝かせる。

銀白のまばゆい光が水晶の洞窟に溢れ、しばし、全ての光も色も音も消え去った。

「ドラゴンに魔法は効かぬ。勇者よ。魔力そのものを使え！」

一瞬の静寂のなか、どこからかアドミニスの声が聞こえた。

「ぐうっ！」

何かに弾き飛ばされた勇者がここまで吹き飛んで来た。

光と音が収まると、そこには何事もなかったようにたたずむ赤いドラゴンの姿がある。

勇者へ追撃を加えようとするのを、剣聖とモンクがその足元で攻撃を加えて防ぐ。

「おっと」

あ、飛んで来た勇者を思わず避けてしまっていた。

地を削りながら転がった勇者は、さほどダメージを感じさせない動きで立ち上がる。

「聖女の守りか」

「それだけではありません。おそらくあのドラゴンの鱗を使った装備のおかげもあるかと」

俺の呟きに、聖女が律儀に答えをくれる。

謙遜しているにしても、ドラゴン装備が優秀なのは間違いないだろう。

なにせ初手で剣聖がドラゴンの盾を使い、相手の攻撃を受け止めているからな。

「わ、私は何をすれば……」

メルリルが焦ったように言う。

「ここに精霊（メイス）は存在するのか？」

「いえ、……いえ、存在すると言えばするのですが、あの赤いドラゴン自体が精霊（メイス）のようなものです」

「そうなのか」

精霊（メイス）は刹那の意識を持った魔力とメルリルから聞いた。

つまりあの肉体は本物ではないのだ。ならば魔法が通じないのは当然で、魔力で戦えと言ったアドミニスの助言の理由もわかる。

「ヤバいぞ」

つまり、魔力で魔力を削る戦いをしなければならないということだ。

そうなると、俺たちの魔力総量がドラゴンに及ばなければ、削り切ることは出来ない。

いや、待てよ。

「メルリル、精霊（メイス）をただの魔力に還元することは出来ないのか？」

メルリルは愕然（がくぜん）とした表情で俺を見た。

なんだ、何かとんでもない提案をしてしまったのか？

「お師匠さまは今、巫女（メッセリ）に神を殺せと言ったの」

近くにいた聖女がメルリルの驚きの意味を教えてくれた。

マジか？　なんでも軽率に口にするもんじゃないな。

「悪かった。忘れてくれ」

「いえ、いえ、あれは精霊(メイス)ではありません。悪霊のたぐいです。ならば、それを吹き散らす風は浄化の力。……やってみます」

メルリルは腰に携(たずさ)えた細く長い笛を手に取り、曲ではなく、一つの音を鋭く何度も吹いた。フォルテが真似て鳴き声を上げる。

するとドラゴンの巨体が、ときどき陽炎のように揺らぎはじめた。

「アルフ！　剣に魔力を乗せてあのドラゴンに叩きつけろ！」

「……魔法剣で効果があるかな？」

どうやら勇者は、さきほどの魔法が効かなかったことで、自信が揺らいでいるようだ。

「あー、お前は放出タイプの魔力なんだよな。魔法を使わずに剣に魔力を纏わせるのは難しいか。うん。魔法剣でも直接魔法を相手に放つよりはいいだろう。やってみろ。今ならメルリルとフォルテが相手の存在を弱めているから、ある程度の効果があるはずだ」

「それなら師匠の剣が一番効果が高いんじゃないか？」

「……断絶の剣か」

俺の使う剣技『断絶の剣』は、単なる剣技ではなく、魔力を併用した技術、魔技だ。

確かにあれなら斬ることは出来るかもしれない。ただ、魔力のかたまりであるこのドラゴンを斬ったとして、意味があるのか？　という疑問もあった。

「ここで考えても答えは出ないか。よし、なら、アルフ。同時に仕掛けてみよう。俺が切断したドラゴンにお前が魔法剣を叩きつける。それであの存在を砕けるかもしれない」

「おおっ！　師匠と連携攻撃だな！」

お前、この局面でなんでうれしそうなの？　のるかそるかという賭けのような攻撃をするんだぞ？　本当にわかってるのか？

……まぁ、変に落ち込まれるよりはいいか。

俺たちがそんな話し合いをしている間にも戦いは続いている。

ドラゴンの攻撃を剣聖が盾でいなしている一方で、モンクが籠手をはめた両手でドラゴンの体に打撃を叩き込んでいた。

一見無謀にも見えるが、モンクの打撃には魔法紋による炸裂（さくれつ）の力が乗っている。アドミニスに作ってもらった籠手が魔法紋の魔法をチャージして、威力をどんどん増しているようだった。

とは言え、もちろんそれだけでは決め手どころかかすり傷すらつけられないが、ドラゴンはその攻撃を無視できないでいる。

前肢で払い、後脚で蹴りを繰り出してモンクを攻撃しているが、軽快なステップを踏んで移動するモンクを捉えきれないのだ。

それでも危うい場合は、すかさず剣聖がカバーに入る。

「そうだ。揺さぶりを、テスタのリズムに合わせてみます！」

メルリルがそのモンクの様子に何か閃いたようで、笛の吹き方を変えた。

フォルテもそんなメルリルに合わせる。

メルリルとフォルテの仕掛ける、存在を揺るがせる音の攻撃と同時にモンクが的確に打撃を入れる形となり、ドラゴンは苛立たし気にうなり声を発した。

「好機到来だな」

俺は勇者に視線を向けて合図をすると一気に駆け出す。

さっきまで全く斬れるイメージが出来なかったのだが、今はドラゴンの下半身に大きなひずみを感じる。あそこなら斬れると、俺の勘が告げていた。

白のドラゴンがくれた爪から作られた、ナタのように武骨な形の剣を抜く。

形は武骨だが、夜空に星を散らしたようなその剣は、吸い込まれるように美しかった。

「いくぞ、星降り。ドラゴンの爪から作られたお前が、最初に斬るのがドラゴンの呪いとは、皮肉なんだか、運命なんだか、面白いもんだな」

近づきすぎず、確実に赤いドラゴンを『断絶の剣』の射程に入れる。

そう考えて走り、『星降りの剣』を無造作に振りぬいた。

「断絶の剣」

小さく口のなかで技を告げる。

魔法の呪文と同じで、俺は技名を自分の無意識への技発動の合図にしているのだ。

赤いドラゴンの動きが止まった。

全員が緊張しつつ見つめるなか、ドラゴンの巨体が上下でズレた。

「今だ！」

「おう！」

勇者が応じて飛ぶように走り、炎を纏って灼熱した剣を大上段に振りかぶる。

「もう眠る時間だぞ」

一拍の静寂の後、炎の渦が巻き起こり、ドラゴンの全身を包んだ。

オオオオ……ンッ。

最期に鈍い鐘のような吠え声が陰々と響き、まるで黒い灰がボロボロと崩れるように、ドラゴンの姿は消え去ったのだった。

ふと気づくと、俺たちは元の部屋に戻っていた。

あれは幻だったのか？　そう思ってしまうほど、何の痕跡も残っていない。

「驚いたな。まさか本当に倒してしまうとは」

アドミニスが俺たちを眩し気に見つめながらそう言った。

「倒せた……のか？」

信じられない、という風に勇者が言った。

「倒したとも。その証拠に我が身から呪いが失せた」

アドミニスは両手を閉じたり開いたりしながらニィッ笑う。

魔王そのものの、ものすごく悪い笑みに見えるぞ。

「まさかっていうのはどういうことかな？　倒せないと思っていたのに戦わせたのか？」

尋ねる俺の声は怒りを内包していた。

決死の覚悟で戦った仲間たちの気持ちを考えると、許しがたい言葉だ。

「悪かった。だが、相手はドラゴンだぞ？　絶対倒せと言うほうが無茶な要求だと思わないか？」

「いや、あんた、倒せって言ったじゃないか」

いかん、つい言葉が乱暴になっちまった。

苛つくとつい地が出てしまうな。

「倒せなくとも多少削ってもらえればよかったのだよ。だが、そう言ってしまえば、そなたらは死力を尽くして戦おうとしなかったであろう？」

「つまり、倒せなくても危険はなかったのですね」

聖女がアドミニスの言葉の本意を確認する。

「もちろんだとも。倒せなかった場合は、またわしの体内に収めるだけの話よ。多少でも削ることが出来れば、均衡が崩れる。そうなれば、時間さえ掛ければ呪いを消滅させることが可能となる。そういう考えだったのだ」

なるほど。つまり多少ともあのドラゴンを弱らせることが出来れば、アドミニスにとっては勝ちと同じぐらいの意味があったんだな。

しかし、アドミニスの言い分はわかるが、なんとなく釈然としない思いが残る。まぁ、それを含めて装備代と思えば腹も立たないか。

ドラゴン装備なんぞ、どれだけ金を積んでも作ってもらえるものじゃない。

「うぬう、納得いかない」

勇者が唸っているが、結果としては呪いとなったドラゴンの魂といえども、本物のドラゴンを倒す経験が積めたのは、勇者の今後にとってはよかったと言っていいだろう。

俺は諦めたようなため息を吐いて、残りの代金として頼まれた記録用の結晶を渡す。

「一応記録しておいたが、今後は普通の人間と同じように老化するんだろ？　暇を持て余すということもないはずだ。血縁のミュリアのものはともかくとして、俺の経験なんか面白くもないぞ。いらんのじゃないか？」

「はっは、何を言うかと思えば。このなかでは圧倒的にそなたが面白い人生を送っていると思うがな。まぁ、どの記憶も大事に楽しませてもらうさ。老人の唯一の趣味だと思って諦めろ」

「老人とか……」

絶対嘘だ。すっかり呪いの解けた今の姿は、若々しすぎてびっくりするぐらいだ。

よく考えなくても、ドラゴンを倒した当時となれば、アドミニスの全盛期の頃だろう。その頃の姿で時が止まっていたのだから、呪いが解けたとしても、まだこの後、長い人生が残っているはずだ。

「ちっ、文句を言いたいところもあるが、師匠との連携が楽しかったからまぁいい。ところで用が済んだ以上さっさと出立したいんだが、どうもここの領主は俺たちを出さないつもりのようだ。あんたここの主なんだろ？　いい方法はないのか？」

勇者がアドミニスにとんでもない要求を突きつける。

「ふふ、あやつらの気持ちもわかるゆえ、そこは断りたいところだが」

「おい！」

半分キレかけた勇者を剣聖が押しとどめる。

「わかっておる、少しぐらい若いものをからかってもいいだろう？　ふふ、今代の勇者は気が短いな。その気質は良くも悪くもそなたの人生を導くであろう。どんなことも悪いばかりではない」

言って、アドミニスは立ち並ぶ本棚の一つに触れた。

フッと、その本棚がかき消え、そこには一つの扉が現れる。

おいおい、全く魔法の気配もなかったぞ。

魔力の流れが完全に制御されていて発動がわからない魔法とか、しかも本人には魔力がない。もし戦うとしたら、掴みどころがなくてやりにくい相手だな。

「ここを使え。古い古い通路だが、固定の魔法が使われていてな。この通路は変化しない。安全な道だ」

「……助かる」

勇者が嫌々ながらといった風に礼をした。

嫌々ながらでも礼を言っている。勇者もだいぶ丸くなったな。なんだか感無量だ。

「待ってくれ。ここの領主は思うところはあるにしろ、俺たちを歓待してくれた。ここで黙って去るのはあまりにも不義理だろう。何か伝言を残したい」

俺がそう言うと、聖女がにっこりと笑う。

「それならわたくし、お部屋にお手紙を残してまいりました。お父さまとお母さまなら、きっと許してくださるはずです」

いつの間に？

そうか、聖女は最初から装備を受け取ったらその場で逃げるつもりだったな。

この通路を知っていたのか。

俺は再びため息を吐いた。

「何から何まで世話になった。いずれまたあらためて礼を言う機会も……ないかもしれないが、俺たちが深く感謝していることだけは覚えておいてくれ」

俺はアドミニスに膝を突いて礼をした。貴人に対して行う礼だ。

いろいろ振り回されたが、間違いなく偉大な男だ。なにしろ歴史に名が残っている。悪名だがな。

汚名を被り、ドラゴンの呪いを一人で長い年月封印していたこの男に、おざなりではなくきっちりと礼を言いたかった。

「師匠……」

勇者が俺の後ろに続く。そして勇者を筆頭に、全員が魔王アドミニスに膝を突いて深く礼をした。

「わしの人生は無駄に長かったが、此度はかつてないほど充実した時間をもらった。礼などする必要はない。そなたらは皆、我が恩人よ。礼をするとしたら、わしがそなたらに礼をするべきであろう。何より、冒険者ダスターよ、永い時の果てにわしに希望をくれたことに心から礼を言う。そしてそなたら皆に、呪いを消し去ってくれたことを感謝しよう」

俺たち一人一人の手を取って立ち上がらせながら、アドミニスは続ける。

「そして覚えておくといい、人の子よ。この世界の神と魔の相克を。神と魔は共にこの世界の相反する心でもある。成長を望む神と成長の末の滅びを厭う魔。この二つの争いに人は必ず巻き込まれるだろう。いや、そもそも人もまた世界の一部。その心にも神と魔が棲むのだ。心せよ」

予言のようにも、警告のようにも、その言葉は重く響いた。

アドミニスと別れて隠し通路を抜けると、どっかの山のなかだった。

そしてなぜか勇者たちの馬が荷物を積んだ状態で待っていた。

何をどうしたらこんなことが出来るんだ？　おかしいだろ。

「馬は諦めるつもりだったのでありがたいですね」

剣聖が毒気の抜けた様子でそう言った。多少おかしくても気にしないことにするようだ。

まぁそれが賢いよな。

「荷物がけっこう充実しているな。見覚えのない食料や野営道具がある」

「ち、余計なまねを」

「アルフ、感謝の心を忘れたら人間終わりだぞ。何かをしてもらったら、きちんと感謝の気持ちを抱け」

あの魔王さまには素直に感謝したくなくなる何かがあるが、それはそれとして道理は大事だ。

「……わかった」

勇者を諫めはしたが、俺自身もここまでしてもらえると、正直困惑する。

密かに脱出させてくれ、馬や荷物ももらった。

危険なドラゴンと戦わされたんだから当然と思ってしまいそうになるが、あれも最初から危険のない戦いだったんだよな。危なくなったらいつでも封印出来るんだから。

んー、難しく考えずに、身内である聖女のためということで納得しておこう。

「しかし、辺境領近くの山間部というと、嫌な予感しかしねぇ」

「おそらく国境の山岳地です」

聖女が俺の予感を現実のものとした。

「やっぱりか」

頭を抱える。早くギルドに帰らないと、死んだことになりそうだ。

しかし辺境領に戻ると捕まりそうだしなぁ。

仕方ない、少々高くつくが、輸送商に頼んで手紙を届けてもらうか。

「ここが国境だとすると、一度二翼のアンデルに入って、大連合の平和的な部族の土地を経由して王国に戻るか」

俺は粗削りの冒険者用地図を引っ張り出して、全員に今後の方針を確認した。

そして全員が俺を見ていることに気づく。

「どうした？」

「あ、いいえ。私たちはどこへ行くにも勇者の意思を尊重します。そして勇者は師であるあなたの考えを尊重するでしょう。故に私たちはダスター殿、あなたに着いて行くことになります」

「はぁ？」

剣聖の言葉にモンクと聖女がうなずく。

勇者はけろっとして当たり前だろ？　というような顔をしていた。

……嘘だろ？

「いや、アルフ、いや勇者よ。道を決めるのはお前だ。お前は勇者なんだぞ？　他人に道をゆだねるのはおかしい」

「わかった。師匠がそう言うなら俺が決める。二翼のアンデルに行こう」

あっさりとそう言う。

お前本当に考えたんだろうな？　とか、言いたいことはあったが、揉めるようなことでもない。

何か割り切れないものを感じながら、行き先が決定した。

意思決定に関われなかったメルリルの顔を見る。

メルリルがにこりと笑って見返して来た。

おう、そんな風に笑顔を向けられると照れるな。……いやいや、違う。

「メルリルもそれでいいか？」

「あ、はい。私のパーティリーダーはダスターですよ。ダスターが決めたことに従います」

「いや、冒険者は同じパーティといえども、一人一人がきちんと意見を言うものなんだ。たとえ効率が悪かろうと、それぞれの経験や知識を活かすためにそういうことになっている」

「わかりました。私は森の外のことは何もわかりません。ダスターに任せます」

「わかった」

メルリルは理解が早い。

たとえリーダーに任せるとしても、何も考えずに任せきりというのは冒険者の流儀にもとる。

自分で考えた上で任せることを決める必要があるのだ。

「さてさて、鬼（オーガ）が出るか蛇（ナーガ）が出るか、護り手のいない地を進むとするか」

「おう！」

「はい！」

勇者が元気に返事をし、故郷に一度帰れたからなのか、何か吹っ切れた感じの聖女も楽しげに声を上げた。

残りの者は周囲を窺いながら、目線でうなずきを返す。

「ピーヤ、クルルルル！」

フォルテが新しい防具に覆われた肩の上で、羽をバサバサさせながら張り切っていた。

正直邪魔だからやめてほしい。

「それじゃあ、出立しよう」

◇　◇　◇

二翼国という呼び名は、二つの国をいっしょくたにした呼び方だ。

本来は北のタシテ国、南のアンデル国という別々の国なんだが、隣接している上に、どちらも大きな都市が一つだけ。互いに交流と婚姻を重ねた結果、王族はみな親戚という状態になってしまった。

そこで、「鳥の二翼のように互いに支え合って行こう」という二翼同盟を結び、周辺国からは二翼国と呼ばれるようになったという経緯がある。

それぞれは小さな国なので、辺境領を出て三日後にはこの国、アンデルの王都に到着した。

アンデルの街は通り抜けるだけだから宿を取って、必要なものを購入したらすぐに出発だ！

そう思っていた時期が俺にもあった。

「勇者さま御一行がおいでと知り、我が王がお会いになりたいとのことです」

門で勇者一行と名乗ったのが悪かったのか、王都に入ってすぐ、なんだか華美な服装をした使者と騎士が、通りの向こうからやって来たときに嫌な予感はしていたんだが、やっぱり勇者たちのお迎えだった。

「いらん」

「そのようなことをおっしゃらず、お願いいたします。我が君はとても敬虔な神の信徒で、勇者さま方にこの国で心地よく過ごしていただきたいのです」

チッと舌打ちをした勇者が俺を見た。

よし、わかった。

「勇者さま。私はこの先の旅に必要なものを手配しておきますので、どうぞごゆっくり歓待をお受けになってください」

「な！」

何かを言い出しそうな勇者に目線を送って言葉を止め、城からの使者に向き合う。

「使者殿、ご苦労さまでした。勇者さま方は悪しき魔物との戦いで転戦を重ね、お疲れです。休養の場所と支援をいただけたなら、神の祝福もこの地に満ちましょうぞ」

「わかり申した従者殿。しっかりと我が君にお伝え申す」

城の使者と俺の視線が交差する。

うむ、どうやらそれなりの支援が期待できそうだ。

「し、……くっ、わかった」

勇者は苦渋の表情を見せたが、俺の言いたいことは理解してくれたようだ。

勇者は口元をヒクヒクさせ、俺を恨みがましい目で見つつ、使者や騎士たちに先導されて勇者御一行は城へと去った。

残された俺たちは旅支度を整えながら宿で待つこととなったのだが、どうもこの国は近年おかしな法令が出て、民の暮らし向きが困窮(こんきゅう)しているようだった。

街の噂では、もはやいつ内乱が起きてもおかしくない状況とのことだ。

とんでもない状況にハラハラしながら勇者たちの戻りを待ち、三日目の朝に戻って来た勇者一行を迎えた。

戻って来た勇者は珍しく難しい顔をしていたが、機嫌が悪いという感じでもない。

「どうした？　何かあったのか？」

「王さま、気の毒だった」

聖女が少し沈んだ様子で言う。

「ここの王さまは、ミュリアさまと同じぐらいのお年頃だったの。話しやすかったみたいで、久しぶりにミュリアさまが打ち解けていたんだけどね」

モンクがため息と共にそう告げた。なんとなく、このまま終わらなそう、という顔だ。

俺が話を促すと、モンクは肩をすくめて勇者に視線を向ける。

勇者はなぜか考え込んでいるようだった。

「まさか、国のことに口出しはしてないよな？　政には不干渉が、勇者の原則だろ？」

俺は勇者に釘を刺した。

勇者は政治に関わらない、というのが不文律だ。

なぜなら神の子たる勇者が政治にまで口を出すようになると、教会、大聖堂が国の政治に口を出すきっかけにもなるからだ。

「そんなことは、俺のほうが師匠よりよくわかっている。内政干渉をする訳にはいかないってことは。ましてや、俺は縁が切れたとはいえ、ミホムの王家の血筋だ。絶対おかしなことになる」

「なら放っておくしかないだろ？」

俺の言葉に勇者は拗ねたような膨れっ面になった。

ほんと、子どもっぽい奴だな。

「俺たちがそのつもりでも、あっちはそのつもりじゃないかもしれないぞ」

勇者がふてくされながらも少し潜めた声で告げた言葉に、俺は不穏なものを感じた。

「どういうことだ？」

問い返した俺を見た勇者が、次に聖女の顔を見る。

うなずいた聖女が胸に下がっている神璽に触れると、外から聞こえていた音が途絶えた。

聖女の結界だ。

メルリルのものとは違い、外から入って来ることも出来ない。ただ、入ろうとする人間がいれば、入れないので怪しまれるだろうけどな。

「それを説明するには、今この国がどういう状況かを知ってもらうのが早いと思う」

「もとよりそれを聞きたいところだった。早々に内乱の兆しがあるんだろう？」

「……貴族連中はそこまで緊張感がなかったが。その感じだと、市井はかなり緊張してるのか？」

「ああ、もういつ始まってもおかしくない空気になっているぞ。なんでも住人一人当たりひと月銀貨一枚徴収してるとかで、人がいなくなった村もあるという話だった」

「……そうか」

「あ、私、お茶淹れて来ます」

場の空気を読んで、メルリルが隣へとお茶の用意をしに行く。

最近はお茶の淹れ方もかなり上達したので、メルリルがどの茶葉を選ぶのか少し楽しみだ。

「この国は統治方法が少し特殊なんだ。住人が逃げ出したというのは、王家直轄の農村だろう。他の村では農園主が、住人の分をまとめて肩代わりしているらしいからな」

「農園主？」

「ああ、この国では地方の村を農園と呼んでいて、そこを治めている者を農園主と呼んでいる。位で言えば男爵に当たる」

「領主じゃなくて農園主なのか。それだけ農地が重要ってことか」

「そうだ。そしてそれがやがて問題になった。時代と共に農園主である男爵のほうが、国政をつかさどる宮廷貴族よりも金持ちになった。まぁ今回の騒動は、それがきっかけだな。王の代替わりで側近のやりたい放題になって、おかしな法令が作られはじめたようだ」

「ははあ」

なるほど。

国の歪な構造が、若年の王の代替わりという好機を得て噴出したということか。

だが、それだと城の貴族が締め付けたいのは農園のはずだ。しかし実際に被害を受けているのは王家の直轄地と街の住人になっている。

「今の現状だと農園から金を奪うよりも、農園以外に住む民にとって厳しいことになっているし、治安も急降下しているようだがな」

「城でふんぞり返って政を行っているような連中が、民の窮状なんぞ知る訳ないだろ。実際、直轄地の農村が廃村になった件でも、自分の息のかかった新しい民を送り込んで、王家の農地を半ば奪ったような形に持っていっているようだ」

「無茶苦茶だな」

「だが、キュイシュナ陛下は嘆いておられた。自分がふがいないばかりに民を苦しめていると」

「ええっと、新しい王さまか」

そうか、王さまはまともなのか。

しかし、実権がないならある意味、国にとっては害にしかならないとも言える。

権力を振るえない優しい王さまなぞ、民からすれば絵に描かれた食い物のようなもんだ。

「で、俺たちを逃してくれないのは誰か、わかっているのか？」

「そこが問題なんだ。実はキュイシュナ陛下の後ろ盾である大臣をそそのかしたのが、どうも同盟国のタシテらしくてな」

「うわあ、面倒くせえ」

俺は貴族連中のはかりごとの面倒臭さに呆れた。

「あ、お茶どうぞ。あの、よかったら干し果実も一緒に」

メルリルがお茶を運んで来てくれた。

向かい合って座っている、俺と勇者のところに一つずつ。

少し離れてソファーに座る、聖女とモンクのところに二つ。

席に着かずに、入り口に近いテーブル横に立っている剣聖の前に一つ。

「フォルテ、こっちで一緒にお茶しましょう？」

「キュウ！」

そして、俺の肩でうつらうつらしていたフォルテに誘いをかける。

テラス前の小さなテーブルにメルリルとフォルテが着いた。

お茶をする。

うん、少し渋みのある、それでいてすっきりとした後味だ。

干し果実はブドウか？　甘味があって合うな。

「それで、お前らを足止めしそうなのは、そのタシテのほうなのか？」

「ああ、タシテは同盟国だ。攻め込むにはアンデル国内の悪しき逆臣を討つという大義名分が必要なんだ。自分たちの正しさを証明してくれる勇者がいるのは、確実な後押しになるだろ」

「政（まつりごと）に関われない勇者を自分たちの陰謀のダシにしようってか」

「腹立つよな」

勇者が口を尖らせて、イライラしたように言った。

わかる。俺だって腹が立つからな。

「う～ん、つまり東に抜けようとするとタシテが出て来る訳か。西は？」

「中央の行いにキレた農園主たちの連合軍がヤバいんじゃないか？　そういう雰囲気なんだろ？」

「ああ、なるほど。つまり俺たちも包囲されているような状況なのか」

「おう」

お茶を口に含んだ勇者が、すぐに干し果実をひとつかみ口に放り込む。

確かにこのお茶と甘い干し果実は合うけど、その食い方は贅沢すぎだろ。

「これって、仕方ないんじゃないかな？　俺たちが暴れても」

勇者はそう言うと、悪い顔でニヤリと笑った。

朝もやのけむる林のなかに彼ら、秘密裏に侵略するための強襲部隊はいた。

二翼国と呼ばれるタシテとアンデル二国の国境には、両国の同意によって関のようなものはない。

緩衝（かんしょう）地帯というどちらの国のものでもない土地があり、彼らが潜んでいるのは、その緩衝地帯にある林だった。

大軍を伏せるには少々心もとない場所だが、周囲に警戒網を張り巡らせ、近づく者があれば拘束するといういささか乱暴な方法で存在を隠していたのである。

そんな軍隊の間近に、茂みをかき分けて姿を現す者があった。

素朴な服装、スカーフで頭を覆い、手籠を持ったまだ若い女性である。

その遭遇で驚いたのはどちらであったろうか。

「きゃあああ！」

「な、なぜこんな場所まで一般人が入り込んだ！　警備の者は何をしていた！」

部隊を指揮する立場の隊長は馬上から怒号を発したが、今は警備の不備に不満を鳴らすよりも目撃者の確保である。

それなりの長期間、大軍を伏せるという骨の折れる仕事を続けたのだ、成果の出る前に不安要素を放って置く訳にはいかなかった。

「草原狐隊の赤の班、行け！」

きびすを返して逃げ出した娘の確保に、部隊のなかでも足の早い五人組の班を走らせる。

指名された班はするすると滑るように駆け出した。

彼らが騎乗するのは馬ではない。早駆け鳥（はやがけ）と呼ばれる、飛べない大きな鳥だ。

狭い場所では馬よりも遥かに小回りがきくため、森林や荒れ地などでは主力となっていた。

彼らが駆け行くと、やがて走る女の後ろ姿を見つけた。

たやすい仕事だ。兵の誰もがそう思っていた。

だが、もうすぐ追いつくと思ったら、いつの間にか木立の奥に入り込んでいたり、よろけて茂みに入ったと見て取り囲めば、いつの間にか先の木陰に姿が見える。

「ぬう、妖精（あやかし）のたぐいではないのか？」

「たとえそうであっても、手ぶらで帰る訳にはいかん！」

彼らは必死で追った。

幸いにも、開けた場所に出るのは危険と思ったか、女が街道に向かう気配がないのはありがたい。

これ以上、目撃者を増やす訳にはいかなかった。

「おっ」

行き先が崖になっているのを見て、ようやくこの追いかけっこが終わると兵士たちは思った。

だが、逃げていた女は疲れていたのか、ふらっと足を滑らせる。

「落ちたか。死んでいてくれれば面倒が省けるが」

崖から覗き込むと、絶壁の途中の木に女の姿がある。

運がいいのか悪いのか。止まっているなら幸いと、兵は弓を取り出して矢を射ようとした。

「うっ！」

弓の弦を引いたそのとき、空の上にキラリと光る何かがあって、それが兵の目を眩（くら）ませる。

思わず矢を取り落としそうになりながら、体勢を立て直して下を見ると、女はすでに崖の下にいた。

「下まで落ちたか」

どうやら足を痛めたらしく、片足をひきずりながら移動している。

「やれやれ、さんざん手間をかけたがやっと終わりそうだな」

彼らは崖を回り込み、女の姿を探した。

さて、謎の軍隊が一人の女性を追いかけ回す少し前、王都アンデルの西側の街道にて、一つの出来事があった。

今まさに王都に攻め上らんとする地方軍の前に、一人の騎士が現れたのだ。

「とまれぃ！」

「なにやつ！」

これから自らの主君に弓引こうという軍隊は殺気立っていた。

しかし、今にも弓を射ようとする兵士を指揮官が止める。

彼はこの軍隊のまとめ役でもある川べりの農園主、ロスイン男爵であった。

ロスイン男爵は穏やかな人柄でありながら、ものごとを図ることにおいて先見の明があると評判の男で、今回の反乱軍の指揮官に抜擢(ばってき)されたのである。

正直本人はやる気がなかったが、上からの経済的な挑発があまりにもひどすぎるため、武力を持って是正を願うしかない。

そんな農園主連合の多数決によって、こんなところまで引き出されてしまったのだった。

ロスイン男爵は騎士が一人であること、その姿が王の側近部隊である近衛(このえ)のものであることを理由に攻撃を許さなかった。

「何か？」

ロスイン男爵は騎士にややのんきとも取れる口調で問い掛けた。

「陛下からの下知を言い渡す。これより都の北を周り、西に展開する侵略軍を討て。此度の全てのはかりごとは、他国からの侵略行為の一端であると知れた。城内の鎮圧は我に任せよとのこと」

「は？」

聡明と言われるロスイン男爵であったが、この王からの突然の命令に戸惑いを隠せなかった。

しかし、侵略という言葉に土地付きの貴族は敏感だ。

「此度は早々に敵軍の進行を察知し、軍を出したこと、大義であったとの仰せ」

これは、と、ロスイン男爵は王の思惑を察して戦慄した。

愚かな臣下を抑えることも出来ぬぼんくらと囁かれていた若い王であったが、その実、国内外の膿を出すつもりであったかと。

そう思うと共にロスイン男爵の身に震えが走る。

この下知に従えば、彼らは反逆軍ではなく、侵略軍から国を守った英雄になれるのだ。

「騎士殿、しかし、侵略との証拠はいかに？」

「彼奴らは図々しくも緩衝地帯に大軍を伏し、それを目撃した無辜(むこ)の民を捕らえて期を狙っている。今進めば、その証拠をそなたら自身が目にすることになるであろう」

「ふむ」

ロスイン男爵は斥候部隊を派遣して裏付けを取ることとした。

数刻後、斥候部隊は一人の娘を追い回していたという早駆け鳥を使役する兵を捕らえて来た。

「なんと、この者らは同盟国のタシテの者ではないか！」

ロスイン男爵の胸にフツフツと怒りが沸き起こる。

「して、その娘はどうした？」

「はっ、それが、此奴らを捕らえている間に見失ってしまい……」

「そうか、まぁ此奴ら自身が何よりの証拠。無事に逃げ延びたのならよかったとするべきか。それにしても娘一人を捕らえきれず、我らに逆に捕らわれるとは、侵略軍など恐れるに足らず！」

「おおう！」

今の今まで自国の王を倒すという不安を抱いていた地方軍の者たちは、それが侵略軍の討伐というものにすり替わったことを歓迎した。

いくら中央の政治に不満があったとしても、やはり主家は主家、王に反抗するということは彼らにとって重いことだったのだ。

その点、国を守るということなら誉れである。

「では、騎士殿、陛下をよろしくお願いいたします」

最高の知らせをもたらした近衛騎士に別れを告げるのもそこそこに、ロスイン男爵は逸る心を抑えつつ、素早く頭のなかで戦術を組み立てた。

「ああ、頼んだぞ、救国の勇士たちよ」

近衛騎士の返礼が自国のものよりもやや角度がずれていたことを不思議に思いつつも、若者に戻ったように心が逸っていたロスイン男爵は、そのことをすぐに忘れてしまった。

「いざ、疾く進め！」

「おーっ！」

文字通り地響きを立てて、農民混じりの地方の勇猛な軍隊が西の緩衝地帯へと駆け進んだ。

今回の計画は勇者が全て仕切った。

まぁ当然だろう。俺には貴族のものの考え方や軍隊の行動など、全くわからんからな。

「貴族は基本、名誉で動く。名誉のために生き、名誉のために死ぬ。誇りと言ってもいいだろう」

「まぁ確かに、誇り高いよな」

「貴族社会ってのはひどく狭い。そんななかで、情けない奴だとか頼りにならないとか噂されたら致命的なんだ。付き合ってくれる相手がいなくなって、子どもが結婚も出来なくなる。そうなると待っているのは、貴族としての穏やかな死だ。それを避けるには、常に名誉を守る行動をする必要があるんだ。だから今回地方の農園主たちが兵を挙げたのも名誉のためだ。経済的にはそれほど深刻ではないが、バカにされたままにしておいたら名誉が地に落ちるからな」

「なんだか貴族も大変なんだな」

俺は今まで嫌っていた貴族連中に同情した。

ある意味村社会の拡大版であり、そこに建前でものを言う交流が加わる。

絶対関わり合いになりたくない世界だ。

「だが、貴族にとって自分の主である王に逆らうことは心理的に強い抵抗がある。だから彼らとしても、戦いの名目は王を傀儡(かいらい)としている高位貴族から王を救うというものにしているはずだ」

「ほんとややっこしいな」

「で、だ。多少の無理を、この心情的負担を取り去ることで通したい」

「ん？　どういうことだ？」

「王に逆らうのではなく、侵略軍と戦うために挙兵したという流れに持って行くんだ」

「おいおい」

「そこで必要となるのがタイミングだ。それぞれの軍の正確な配置を師匠に探ってもらいたい。能力的にはメルリルがいいんだろうけど、現場での判断に信用が置けない」

「お前本当、ずけずけ言うな」

「でも、本当のことですから」

勇者の言葉に呆れると、メルリルが横から申し訳なさそうに言った。

いや、経験が少ないのは仕方のないことだしな。

「まぁいい。反乱軍と侵略軍はそれでいいとして、肝心の王さまはどうするよ？　放置か？」

「キュイシュナ王には、自力で立ってもらう」

「それが出来ないから現状なんだろう？」

「昨日話をしたが、基本的な王としての能力や考えは持っている。ただ、ほとんど後宮に押し込められている状態で、周囲には信頼出来るかどうかよくわからない近衛兵しかいない。動きようがない状態だ」

「なるほどな。自分のところの王さまにえぐいことやってるな」

「王をすげ替える予定なんだから気にしていないんだろう」

「それで、具体的にどうするんだ？」

「まず俺たちが、王に話の続きをねだられたと再訪する。あちらとしても願ったり叶ったりだから、簡単に通すだろう。キュイシュナ王ともそのあたりは打ち合わせてある。それから近衛兵に訓練をつけるという名目で信頼出来る者を選抜し、王の親衛隊を密かに組織する。次に演習場の壁を破壊してそこから街に出る」

壁を壊す？　本当にいいのか？　しかし、案としてはよさそうな気もする。

「それで、外に出してどうするんだ？」

「街の広場で宣言をしてもらう。逆臣を討ち、国の有り様を立て直すと」

「……それって、当の逆臣が黙っていないだろう？」

「そうだな。おそらく王が乱心したとか抜かして城の兵を持ち出すだろう。その場には王と少数の親衛隊だけ、楽勝と思うはずだ。そこに侵略軍を追い払った農園主たちの軍が合流して、王と共に逆臣を討つ」

「それ、一歩間違えたら王さまが危なくないか？」

「だから言っただろう。タイミングが一番の問題だと」

それだと、俺の役割がかなり重要じゃねえか！

と言う訳で、結局俺が林に潜伏していた隣国の軍を発見して、指揮官のいる軍の位置、周囲の哨戒の頻度などを調べた。

地方の農園主の軍のほうは、市場に来なくなった農民の住んでいる場所を把握して、進軍速度を割り出した。

その結果、農園主の軍がびっくりするほど近くまで来ていて、慌てて計画を前倒しすることになったけどな。

そしてメルリルが平民の娘の振りをして隣国の軍の小部隊を引っ張り出し、近衛兵の装備を借りた剣聖が地方農園主たちの軍を誘導し、その小部隊と接触させた。

敵の潜伏場所を事前に知ることで、完全な奇襲に成功した農園主の軍は、ほとんど被害を出さずに敵国軍を追い払うことに成功する。

もちろんその裏には、剣聖の活躍もあったりはしたが。

「メルリル、大丈夫だったか？」

「はい。フォルテも助けてくれて。よく巣作り中の鳥が、ケガをした振りをして天敵を巣から遠い場所へおびき出すでしょう？　あれを意識して真似してみました」

「なるほどな。風に乗るタイミングを間違えると相手におかしいと気づかれちまうから、かなり重要な役目だったんだぞ。よくやったな。おつかれ」

「えへへ」

「キュイ！」

などとほのぼのしていると、ドゴーン！　と、まるで山が崩れたような音が響いた。

「きゃあ！」

「ピュイッ！ピュイッ！」

「慌てるな。これはアルフのしわざだ……おそらく」

すごい土埃を遠目に見ながら呆れる。

親衛隊と王さまは無事なんだろうな？

俺たちがそんな心配をしていた頃、勇者が壁を破壊する少し前だ。

城内の一角である後宮に、現アンデル国王と勇者一行の姿があった。

本来後宮は王の家族が住まう場所なのだが、現在王に妃はおらず、広々として、少し寒々しい王個人の住居となっているのだとか。

後宮近くには近衛隊の隊舎があり、そこにいる十六人ほどには事情を説明してあった。

百人規模の近衛隊で、信頼出来る騎士が十六人というのは少なすぎる気がするが、大半の隊員は家の意向もあってどっちつかずで、特に害意がある訳ではないらしい。

この十六人が特に忠誠が篤かった、というだけの話である。

もちろんはっきりとした敵も紛れていた。

だが王を害するというよりも、内情を逐一敵側に報告している密偵紛いがいただけらしい。

とは言え、この結果は王本人には少なくない衝撃をもたらした。

ただでさえ自信がないところに、追い打ちを受けた形である。

「私は恐ろしいのです。この未熟な身で、人びとの前に立ち、やはりお前は王の器ではなかったと暴露されるのが。矮小で卑劣な人間が王を名乗っていいはずもない」

キュイシュナ王が噛みしめるように言い、その姿を聖女ミュリアが哀しげに見つめた。

「ならやめるか？　国を私せんとして、他国まで引き込んだ佞臣に、何もかも投げ与えるか？」

「それは！」

「まぁそれもいいかもな。無抵抗で死ぬのは生きて戦うより辛くはないだろう」

「勇者さま……」

勇者の言いように聖女が抗議するかのようにその名を呼んだ。

「いいのです。全ては私の不明。なにもかも勇者さまのおっしゃる通りです」

「やめるなら別に構わないぞ。やがて地方を治める農園主たちの軍が王都になだれ込んで来る。ここが戦場になり、多くの民は死に、施設は破壊されるだろう。だが結果として、また何らかの形で街は復興する。多分な」

「……」

キュイシュナ王――若干十五の少年王は、唇を噛み締めた。

「私は、愚王ではありました。しかし、先祖が積み重ねてきた歴史と、守るべき民とを見捨てるほどには堕ちきることも出来ません。私が立てば、最悪でも落ちるのは私の首一つ。賭けとしては文句を言うほどの分の悪さではありますまい」

「決断したのなら依頼するがいい。神の子たる勇者に向かってな。助けを寄越せと」

勇者の物言いにキュイシュナ王は笑った。

「勇者さまは大きな方ですね」

「当然。俺は真の勇者になると師匠に誓ったからな！」

「勇者さまのお師匠さまですか。さぞや立派なお方なのでしょうね」

「ああ、最高の男だ！」

「お名前をお聞きしても？」

「いや、師匠は照れ屋なので、名を知られることをよしとしない。在野の英雄なのだ」

「なんと、お心の清しいお方でしょうか。そういうお方がまだこの世にはいらっしゃるのですね。私ごときがぐずぐずと悩むのはお恥ずかしい限りです」

そのとき、聖女の頭上に小さな光の花が舞い降りた。

「お、どうやらちょうどいい時間のようだぞ。心が決まったなら出るぞ」

「はい！」

その日、若年の王は信頼する十六の騎士を従え、王都の広場へと降り立った。

突然のきらびやかな出で立ちの騎士たちに、王都の民は何事かと集う。

「親愛なる我が民よ、予はアンデルの王、キュイシュナ・ラディ・クワッサス・アンデルである！」

人びとが大きくざわめいた。

「王さま？」

「若い！」

「そうだ、俺、戴冠式（たいかんしき）のパレードで……」

「私も、見たような」

少年王が周囲の民を見回すと、ざわめきが一斉に静まる。

「此度は、予の不明により、民に苦渋の日々を与えしことをまずは謝ろう！」

「ヒェ！」

「王さまが謝るって……」

小さく囁かれるが、それらの言葉は捨て置かれた。

「だが、その苦渋の日々は今日を持って終わる！　王権をないがしろにし、政（まつりごと）を私（わたくし）せんとした大悪人を、予自らが討ち果たす！」

王の宣言に、広場に集まった民は一瞬静まり返った。

そして、その言葉を呑み込むと、この二年間の辛い日々を思い浮かべ、その苦しみの元凶が存在したのだということに思い至る。

やがて、その溜まった鬱憤を晴らすように、民は声を上げた。

「キュイシュナ王万歳！　アンデルに正義を！」

「おおおお！　悪い奴は滅びろ！」

「俺の金を返せ！」

やがて話を伝え聞いたのか、続々と人びとが広場に集結し出した。

だが、その機先を制するかのように、城の城門が開き、整然と並ぶ兵たちが姿を現す。

「おのれ痴れ者が！　よりにもよって我が王を騙るとは許せぬ所業！　死をもって償うがいい！」

立派な鎧を着込んだ騎士が、大柄な馬にまたがって軍列の前に進み出て吠えた。

「賊を射よ！」

矢をつがえる兵士を見て、勢いに任せて集まった王都の民は、蜘蛛の子を散らすように逃げ出した。

「ふふ、民などしょせん我が身がかわいいだけの愚かな者たち。頼る者を間違えましたなぁ」

「貴様がな」

普段口答えをしなかった王の決然とした反抗に、今回の国盗りの下絵を描いた右大臣は口ヒゲを震わせた。

「やれ！　しかし殺すなよ！　手足を狙え！」

右大臣の指示に従い、弓隊が一斉に矢を放つ。

ザアアアと時ならぬ雨のような音が広場前に響いた。

「なっ！」

だが、全ての矢が宙で止まる。そして、力尽きたようにパラパラと地面に落ちた。

その出来事と重なるように、多くの馬が地面を蹴立てる音が王都から続く東の街道から響く。

右大臣は一瞬うろたえたものの、今度こそ勝利を確信して笑った。

「アンデル、タシテなどと小さな国にこだわる時代は終わった。我が国家はついに統合されて一つとなるのだ！」

「陛下！　ご無事で！　おのれ逆賊！　死してその罪を贖（あがな）うがいい！」

「なにぃ！」

右大臣が頼りの隣国の兵と思った相手は、それぞれの御旗（みはた）を掲げた地方の農園主たちであった。

二年の間、耐え難きを耐えて来た農園主たちの怒りは大きい。

そして、隣国の伏兵を破った勢いもあり、彼らはたちまち右大臣率いる軍を下したのである。

一方、息を潜めて成り行きを見守る王都の民に混じって、ダスターとメルリル、そしてフォルテはホッと息を吐いていた。

「どうやらなんとかなったか」

「さっきの掛け声のタイミングもバッチリでした」

「ああいうのは最初に声を挙げれば後は勝手に盛り上がるもんだ。酒飲みと一緒だな」

「あ、師匠！」

狭い路地にいたダスターを、目ざとく見つけたらしい勇者たちが合流する。

「今のうちに行こう」

とんでもないことを成し遂げたというのに、そううながす勇者の顔には喜びはない。

面倒なことを片付けたという顔だ。

「ミュリア、王さまに挨拶しなくていいのか？」

「ん、大丈夫」

「クルス、近衛兵の鎧はちゃんと戻したのか？」

「はい。馬にくくり付けて戻しました。賢い馬なのでちゃんと戻るでしょう」

ダスターは最後にモンクを見る。

彼女は猫のように思いっきり背伸びをしていた。

相変わらず自由だ。

「そうだな、行くか」

そして、まだ騒々しい王都を後に、勇者一行とダスターのパーティは大連合の治める荒野へと向かって出立したのだった。

今後もこういうことが続くんだろうな。ダスターは密かに思う。

その予感は確実に現実のものとなりそうだった。

だがまぁ、それが嫌ではないと思う自分もいることを、ダスターは気づいていたのだ。

——了——

㊗・定年退職!? 10歳からの異世界生活
空の雲
この度、私、会社を辞めたら
第12回ファンタジー小説大賞特別賞受賞作!
異世界で10歳になっていました
チートな腕時計と優しい人たちと一緒に生きていこうと思います。

変わり者と呼ばれた貴族は、辺境で自由に生きていきます

enbunbusoku
塩分不足

領民ゼロの大荒野を……
神話の魔法でのけ者達の楽園（ユートピア）に！

超サクサク
辺境開拓
ファンタジー！

名門貴族の三男・ウィルは、魔法が使えない落ちこぼれ。幼い頃に父に見限られ、亜人の少女たちと別荘で暮らしている。世間では亜人は差別の対象だが、獣人に救われた過去を持つ彼は、自分と対等な存在として接していた。それも周囲からは快く思われておらず、『変わり者』と呼ばれている。そんなウィルも十八歳になり、家の慣わしで領地を貰うのだが……そこは領民が一人もいない劣悪な荒野だった！　しかし、親にも隠していた『変換魔法』というチート能力で大地を再生。仲間と共に、辺境に理想の街を築き始める！

◉定価：本体1200円＋税　◉ISBN 978-4-434-27159-5

◉Illustration：riritto

俺を勇者召喚した国は怪しさ満点だし、
『収納』だけの出来損ない勇者になったし……
よし、逃げよう

農民 Noumin

ありがちな収納スキルが大活躍!?
異世界逃走ファンタジー!

少年少女四人と共に勇者召喚された青年、安堂彰人。召喚主である王女を警戒して鈴木という偽名を名乗った彼だったが、勇者であれば『収納』以外にもう一つ持っている筈の固有スキルを、何故か持っていないという事実が判明する。このままでは、出来損ない勇者として処分されてしまう——そう考えた彼は、王女と交渉したり、唯一の武器である『収納』の誰も知らない使い方を習得したりと、脱出の準備を進めていくのだった。果たして彰人は、無事に逃げることができるのか!?

◆定価：本体1200円+税　◆ISBN：978-4-434-27151-9　◆Illustration：おっweee

この作品に対する皆様のご意見・ご感想をお待ちしております。
おハガキ・お手紙は以下の宛先にお送りください。

【宛先】
〒150-6008東京都渋谷区恵比寿4-20-3恵比寿ガーデンプレイスタワー8F
（株）アルファポリス　書籍感想係

メールフォームでのご意見・ご感想は右のQRコードから、
あるいは以下のワードで検索をかけてください。

ご感想はこちらから

本書はWebサイト「アルファポリス」（https://www.alphapolis.co.jp/）に投稿されたものを、改題、改稿、加筆のうえ書籍化したものです。

勇者（ゆうしゃ）パーティから追（お）い出（だ）されたと思（おも）ったら、土下座（どげざ）で泣（な）きながら謝（あやま）ってきた！3

蒼衣翼（あおいつばさ）　著

2020年3月4日初版発行

編集ー宮本剛
編集長ー太田鉄平
発行者ー梶本雄介
発行所ー株式会社アルファポリス
〒150-6008東京都渋谷区恵比寿4-20-3恵比寿ガーデンプレイスタワー8F
TEL 03-6277-1601（営業）03-6277-1602（編集）
URL https://www.alphapolis.co.jp/
発売元ー株式会社星雲社（共同出版社・流通責任出版社）
〒112-0005東京都文京区水道1-3-30
TEL 03-3868-3275
イラストー新堂アラタ
URL https://www.pixiv.net/member.php?id=4917563
デザインーAFTERGLOW
印刷ー中央精版印刷株式会社

価格はカバーに表示されてあります。
落丁乱丁の場合はアルファポリスまでご連絡ください。
送料は小社負担でお取り替えします。

ISBN978-4-434-27162-5 C0093